L'AME AMANTE
DE SON DIEU.

L'AME AMANTE

DE SON DIEU,

REPRESENTE'E DANS LES

EMBLÉMES

de HERMANNUS HUGO

fur fes PIEUX DESIRS:

& dans ceux

D'OTHON VÆNIUS

fur l'AMOUR DIVIN.

Avec

des FIGURES NOUVELLES

acompagnées DE VERS

qui en font l'Aplication

aux Difpofitions les plus effentielles

DE LA VIE INTERIEURE.

A COLOGNE.

Chez JEAN de la PIERRE. 1717.

PRÉFACE

SUR CETTE
NOUVELLE EDITION
des EMBLÉMES
du P. HUGO & de VÆNIUS.

SOMMAIRE.

❋ 3 ca-

caractere , qui eſt celui du pur Amour de
Dieu. Excellence de cette voie de l'Amour,
recommandable par pluſieurs exemples de
l'Ecriture & de ces derniers ſiécles. 13. Diſ-
poſitions requiſes pour bien profiter de ce Li-
vre.

1. Uoique Dieu ſoit pur eſprit, que la principale partie de l'homme ſoit auſſi eſprit, & que l'eſſentiel du culte divin, l'adoration que Dieu demande de nous, doive ſe faire dans l'eſprit & dans l'intérieur, ainſi que l'aſſure (*a*) Jeſus-Chriſt même ; néanmoins comme les hommes depuis le peché ſont devenus tout-extérieurs , & qu'étant tombés ſur le ſenſible & ſur le viſible ils ont oublié l'inviſible & le ſpirituel ; il a plû à Dieu pour les relever de cette chute, de condeſcendre à leur diſpoſition groſſiere juſqu'au point de ſe ſervir des mêmes choſes viſibles & ſenſibles comme de moiens à les ramener aux choſes divines & interieures pour leſquelles ils ont été créés. Tout ce que nos yeux découvrent dans les ouvrages de la Création peut être emploié à cet uſage ſalutaire ſelon l'intention de Dieu même & cette aſſertion de S. Paul, (*b*) *que les choſes inviſibles de Dieu, ſa*

puiſ-

(*a*) Jean 4. ℣. 24. (*b*) Rom. 1. ℣. 20.

puiſſance & ſa divine bonté, ſe voient comme dépeintes à nos yeux quand on conſidére ſes ouvrages; & que ſi nous n'en tirons ſujet de le loüer & de le *glorifier,* c'eſt nous rendre coupables d'une négligence criminelle & *inexcuſable.* La plûpart de ce que préſcrit la Loi de Moïſe touchant le culte Judaïque, n'eſt proprement qu'un uſage de diverſes choſes extérieures & viſibles établi de Dieu pour marquer les inviſibles & les intérieures. Combien de fois Jeſus-Chriſt & ſes Saints Apôtres ne ſe ſont-ils point ſervis d'Emble´mes & de ſimilitudes tirées des choſes naturelles, des artificielles, des civiles mêmes & de ce qui ſe pratique en matiere de gouvernemens, de guerre, de paix, de contracts, d'amitié, d'amour conjugal, &c. pour de là élever nos eſprits & nos cœurs à la conſidération & à l'amour des choſes de l'eſprit, du ciel, & de l'éternité? Les exemples s'en préſentent en foule dans la S. Ecriture.

2. Cette métode, de ramener aux choſes ſpirituelles nos eſprits tombés ſur le ſenſible & le materiel nous venant donc de la bonté de Dieu, & de la condeſcendance de ſa Sageſſe envers notre foibleſſe, il n'y a point de doute qu'elle ne nous doive être auſſi recommandable par ſon utilité ſalutaire, que facile,

le, agréable, & proportionnée à la capacité
de toutes fortes de perfonnes.

3. Et en éfet, il n'y a pas jufqu'aux enfans
à qui on ne puiffe infinuer avec fruit, avec
plaifir, & même par maniere de divertiffement, des penfées pieufes touchant Dieu
& touchant leur devoir envers lui, en leur
mettant devant les yeux quelques figures ou
reprefentations de plufieurs chofes commu-
nes vers quoi leur cœur & leur efprit ont na-
turellement du panchant; d'où il eft aifé de
leur inculquer comment ils doivent tourner
ce même panchant vers Dieu, le Créateur
de toutes chofes, & en particulier leur Créateur & auffi leur Redempteur.

Pour les adultes, combien ne s'en eft-il
pas trouvé à qui l'afpect de quelque chofe de
vifible a fervi d'ocafion à leur converfion,
Dieu aiant fait par ces moiens-là des impref-
fions fi vives & fi puiffantes fur leurs cœurs,
qu'ils s'en trouvoient fubitement changés,
& que même le refte de leur vie toutes les fois
que la fimple idée leur en revenoit, ils s'en
fentoient tout-émus intérieurement, & rani-
més de nouveau? On nous raconte d'un fimple foldat, qui devint puis après une ame des
plus faintes, & dont on a depuis peu publié
la Vie & quelques lettres: (a) *Qu'un arbre*
qu'il

(a) Voiez *les Mœurs de F. Laurent*, dans le petit Traité de
la Théologie de la préfence de Dieu, pag. 57.

qu'il vit ſec en hiver, le fit tout d'un coup remonter juſqu'à Dieu, & lui en imprima une
ſi ſublime connoiſſance, qu'elle étoit encore auſſi
forte & auſſi vive en ſon ame après quarante
ans, que lors qu'il la reçut. *Qu'en ſuite il en*
uſoit ainſi en toute ocaſion, ne ſe ſervant dès
choſes viſibles que pour arriver aux inviſibles:
de ſorte que dans tout ce qu'il voioit, & dans
tout ce qui arrivoit, il s'élevoit d'abord en
paſſant de la créature au Créateur. Une grande Sainte des derniers ſiécles nous a laiſſé par
écrit ſur le ſujet de ſa converſion, (a) *que la*
vûe d'une peinture qui repréſentoit Jeſus-Chriſt
tout couvert de plaies, fit un tel éfet ſur elle,
que, dit-elle, *je me ſentis toute pénetrée de*
l'impreſſion qu'elle fit en moi par la douleur d'a-
voir ſi mal reconnu tant de ſoufrances endurées
par mon Sauveur pour mon ſalut. Mon cœur
ſembloit ſe vouloir fendre; & alors toute fon-
dante en larmes, & proſternée contre terre, je
priai ce divin Sauveur de me fortifier de telle
ſorte, qu'à commencer dès ce moment je ne
l'ofenſaſſe jamais plus. — Il me paroit (pour-
ſuit-elle,) que rien ne m'avoit encore tant ſer-
vi que la vûe de cette image: parce que je
commençois à me beaucoup défier de moi-mê-
me, & à mettre toute ma confiance en Dieu.
Il me ſemble que je lui dis alors, que je ne

* 5   par-

(a) Ste. Teréſe en ſa Vie. Chap. IX.

partirois point de-là jusqu'à ce qu'il lui eût plû
d'exaucer ma priere ; & je crois qu'elle me
fut très-utile, aiant été depuis ce jour beau-
coup meilleure qu'auparavant.

4. Pour ce qui est des ames plus avancées,
& même des plus parfaites, qui trouvent &
qui voient déja Dieu par tout & en toutes
choses, il ne faut que lire les Pſaumes de David pour y remarquer combien ce Saint Pro-
phéte ſe ſentoit inſtruit, touché, ranimé,
ravi d'admiration & de joie inéfable lorſqu'il
enviſageoit les choſes viſibles & qu'il en pre-
noit ocaſion de s'élever à Dieu en les regardant comme des tableaux qui lui repréſen-
toient ſa ſuprême grandeur, ſa ſageſſe, ſa
bonté, & les choſes divines & ſpirituelles.
Le plus ſage des hommes, ſon fils Salomon,
n'en fit pas moins lorſqu'il emploia la conſidération de l'amour humain & conjugal pour
nous dépeindre ſ u. cet Embléme les miſteres
les plus grands & les plus intérieurs de l'union
ſpirituelle des ames conſommées & de l'Egliſe ſantifiée avec l'Epoux céleſte ; comme il
paroît par ſon divin Cantique des Cantiques.

5. Il eſt à croire que c'eſt par de ſembla-
bles conſidérations & à deſſein de procurer
quelque utilité ſalutaire à toutes ſortes de
perſonnes, que l'on a vû paroitre de fois à
autres des livres D'EMBLÉMES SPIRI-
TUELS,

TUELS, qui fous le voile de diverfes figures
effaient pieufement de tourner nos ames vers
Dieu, les uns en nous imprimant à l'efprit
certaines idées ou confidérations qui nous
menent à penfer à lui, les autres en réveil-
lant dans notre CŒUR des mouvemens a-
fectifs qui nous portent à L'AIMER & à rechercher faintement fon union & fa poffef-
fion parfaite & éternelle; métode qui eft in-
comparablement préférable à celle de la fimple fpéculation, bien que contre l'opinion
de la plufpart des perfonnes d'étude, qui mé-
prifant la voie du cœur, fe perfuadent, mais
bien vainement, que par la voie d'un efprit
fec, par emploier & épuifer toute fon activité & toutes les forces de fa raifon en idées &
en raifonnemens fur les chofes divines, ils
pourront mieux trouver Dieu, que par la
voie d'exercer notre cœur dans fon divin A-
mour.

6. Sans provoquer à l'expérience de tous
les tems, qui nous fait voir le peu de fruits
qu'a produit l'efprit de l'homme par la voie
de fes froides fpéculations, le feul témoignage de Dieu doit nous fufire pour décider de
cette queftion. Il eft inconteftablement certain que Dieu a promis fa divine & falutaire
connoiffance & fon union béatifique à ceux
qui le chercheront par la voie du cœur & de
l'a-

l'amour : *(a) Qui m'aime*, dit-il, *je l'aime-*
rai auſſi : je me découvrirai à lui : mon Pére
l'aimera ; & nous ferons notre demeure dans
lui : Mais on ne trouve pas qu'il ait fait une
ſemblable promeſſe à ceux qui hors de cette
voie prétendront parvenir à le connoitre par
la force de leur eſprit & de leurs raiſonne-
mens. Bien au contraire, il a déclaré plus
d'une fois, qu'il avoit réſolu de *(b) ſe cacher*
d'eux, & qu'il ne ſe laiſſera point comprendre *(c)* par les conceptions de l'homme naturel & animal. Et quand il a voulu préſcri-
re aux hommes ce qu'ils doivent faire en ce
monde pour lui être agréables & pour ſe diſ-
poſer à être réünis un jour à la ſource de tout
bien, il ne leur a pas dit ; Vous me connoi-
trez, ou, vous tâcherez de parvenir à ma
connoiſſance par tous les éforts de votre tête, par toute l'induſtrie de votre eſprit, &
par le travail de votre atention à toutes les
idées de votre raiſon & de ſon activité : mais,
vous AIMEREZ *le Seigneur votre Dieu de*
tout votre CŒUR, *de toute votre ame, &*
de toutes vos forces : c'eſt auſſi là le but & la
ſubſtance de toute l'Ecriture ſainte.

7. Et c'eſt la même voie & la même choſe
qu'ont eu deſſein de nous recommander les
Au-

(a) Jean 14. ⅺ. 21, 23.   *(b)* Matth. 11. ⅺ. 25.
(c) 1 Cor. 2. ⅺ. 14.

Auteurs des Emblémes fuivans. Tout le monde n'eſt pas capable de proceder par la voie de la tête & des ſpéculations ; mais chacun a un cœur, un panchant à aimer, des inclinations, des mouvemens & des aſections vives, que l'on ne ſauroit empécher d'agir & de s'exercer ſur les objets bons ou mauvais, temporels ou éternels, qui nous ſont propoſés. C'eſt à nous à opter entre ces deux partis, chacun deſquels ſolicite notre amour à ſe ranger de ſon coté ; Satan & le monde vers le parti du mal par mille ſortes d'atraits, par une infinité même de livres vains, impies, impurs, d'images & de peintures profanes, honteuſes & diaboliques : Dieu au contraire nous atire vers le bien par ſes bons mouvemens & par d'autres moiens ſaciés & ſalutaires. Heureux qui fera le bon choix, & qui ſe laiſſera mener comme par la main à la ſource du vrai bonheur par les moiens que Dieu lui préſentera ! On peut ſeurement regarder les deux ouvrages de ce livre, comme étant du nombre de ces bons moiens-là.

8. On a donné le premier rang à celui du P. *Herman Hugo*, quoique le plus récent, parce qu'il eſt le plus métodique, & que ſes premiers emblémes regardent particulierement les ames commençantes. Il y a longtems

tems que cet ouvrage eſt ſi connu, qu'il eſt
comme ſuperflu d'avertir qu'on l'a réimpri-
mé diverſes fois & en divers lieux avec des
explications de ſes Emblémes en toutes ſortes de langues. Il eſt diviſé en trois parties,
dont la premiere, deſtinée à des commen-
çants, contient *les gemiſſemens de l'ame pé-*
nitente : la ſeconde, qui eſt à l'uſage des a-
mes avancées, repréſente *les deſirs d'une ame*
qui ſe ſanctifie; & la troiſiéme, proportionnée à celles qui ont fait le plus de progrès,
a pour tître & pour matiere, *les ſoupirs de l'a-*
me amante. Chacune de ces trois parties contient quinze Emblémes; chaque embléme,
dans le Latin, qui eſt l'original, a ſa figure
particuliere ; puis un paſſage de l'Ecriture
ſainte, marquant en peu de mots ce que
repréſente cet Embléme, qui en troiſiéme
lieu eſt ſuivi d'un aſſez grand nombre de vers
latins ſur le même ſujet ; & enfin de pluſieurs
paſſages des SS. Péres & des Docteurs de
l'Egliſe, aplicables à la matiere dont il s'a-
git. Ceux qui ont fait réimprimer l'ouvrage
en diverſes langues vulgaires n'ont pourtant
pas crû être obligés de ſe tenir à tout cela,
mais ſeulement à ce qu'il y a d'eſſentiel & de
principal : & par cette raiſon ils en ont retenu les Emblémes avec leurs figures, leſquelles ils ont fait imiter ou contrefaire diverſe-
ment

ment, qui bien, qui mal. Ils en ont retenu, en second lieu, & traduit chacun en sa langue tous les passages de l'Ecriture sainte : Mais personne, que je sache n'a encore trouvé à propos de s'apliquer à la traduction des vers latins qui y étoient annexés : chacun a mieux aimé d'essaier ici à faire le poëte, & composer de son chef quelques vers (les uns plus & les autres moins) sur le sujet de chaque emblême. Tous (autant que j'en ai vûs,) ont omis les passages des SS. Peres, soit qu'ils les aient regardé comme un pur accessoire à l'ouvrage, comme ils le sont en éfet ; soit qu'ils aient eu dessein de rendre par ce moien le livre plus commode & plus portatif. Cette derniere considération ne nous a pas neanmoins empéché de joindre aux Emblémes du P. *Hugo* ceux d'*Othon Venius* ; puisque sans faire le volume trop gros ils apartiennent visiblement à ce même sujet, duquel ils étalent plus amplement la plus noble partie, qui est celle de l'A M O U R *divin.*

9. On sait que cet Auteur Flamand, peintre célébre, & qui avoit de l'étude, avoit publié en sa jeunesse des Emblémes moraux sur l'amour naturel. Quelques années après, la Princesse Infante Isabelle, Duchesse de Brabant, qui les avoit vûs, témoignant souhaiter qu'il eut travaillé de la même maniere

sur

fur l'AMOUR DIVIN; puis qu'il étoit facile de découvrir & de faire voir dans l'un
comme dans l'autre des qualités & des éfets
femblables; cela lui fit entreprendre les Emblémes que voici, lefquels il dédia à la même
Princeffe. Il y mit à l'opofite de chaque figure quelques mots d'infcription, & quelques fentences ou de l'Ecriture ou des Péres,
qui y ont du raport; à quoi fes amis ajoute-
rent des vers, mais très-peu, les uns en Ef-
pagnol & les autres en François & en Flamand. Voila comme ils parurent la premiere
fois, (a) quelques années avant les Emblémes (b) du P. Hugo. Ceux qui les firent puis
après publier en divers autres lieux, en re-
tinrent le plan des figures, qu'ils firent imiter, quelques uns affez bien, comme dans
l'édition de Paris chez Landry: ils en retin-
rent auffi les Dictons ou les infcriptions,
mais fans les paffages ni de l'Ecriture, ni des
SS. Péres: & pour les vers, chacun en mit,
comme fur le P. Hugo, quelques-uns de fa
propre façon, & encore bien peu: l'Edition
de Paris n'en a que quatre petits fur chaque
Embléme. Cela étoit arbitraire: auffi, par
la même raifon, en a-t'on ufé arbitrairement
dans l'Edition préfente, fur laquelle il eft
tems de dire un mot d'avis.

10. On

(a) L'an 1615. (b) Qui parurent l'an 1624.

10. On y voit, premierement toutes les figures emblématiques du P. *Hugo* & de *Vænius*, qu'on a imitées fur les plus excellens originaux des meilleures Editions de ces deux Auteurs. Leur beauté, & la douceur de leur gravure font un affez bel éfet pour fe faire, finon préferer, du moins égaler aux meilleures de celles qui ont paru jufqu'ici en quelque Edition que ce foit. On y a auffi retenu les paffages de l'Ecriture fainte qui étoient fur les Emblémes du P. Hugo, & les Dictons ou mots latins de ceux de Vænius, qu'on a mis en françois fur les pages qui font vis à vis des figures, & immediatement avant les nouveaux vers qui en expriment le fens.

11. C'eft proprement à ces divins & admirables vers, tant fur les Emblémes de Vænius que fur ceux du P. Hugo, que l'on eft redevable de l'édition préfente; & affeurement ce font eux qui méritent le plus que le Lecteur y aplique fon cœur très-ferieufement. Je les qualifie comme je viens de faire, non pas tant par raport à la fimple Poëfie, qui pourtant y a fes agrémens & une beauté très-vive & très-touchante; que par raport à leur matiere toute fainte, & à leur efprit, qui véritablement eft divin & du ciel. C'eft ici qu'il nous paroit que le Poëte a furpaffé bien fouvent le deffein & les penfées de nos

** deux

deux Auteurs fur la plufpart de leurs propres Emblémes. Il eft vifible que leur intention a été de nous y reprefenter le progrès ordinaire & gradatif des ames dont la converfion commencée par la crainte des jugemens de Dieu, continue par le défir de fes recompenfes, par la douleur, par la joie, par l'efpérance, qui font que l'on s'aproche de Dieu en vûe de fes dons, & que par ce moien l'on s'avance vers la perfection de dégrés en dégrés ; voie qui eft affurément très-bonne & falutaire en foi : *mais*, pour m'exprimer avec S. Paul quand il préfére la charité à l'efpérance & à la foi, (*a*) *il y en a encore une bien élevée au deffus* & beaucoup *plus excellente :* c'eft celle de la même CHARITE', c'eft la voïe où predomine d'abord le PUR AMOUR, lorfque l'ame pécherefle fans s'arrêter à une revûe détaillée de fes obliquités paffées & de leur démérite, n'envifage foudain que l'incomparable Amour de fon Dieu, & fe jette à corps-perdu entre fes bras pour qu'il difpofe d'elle ainfi qu'il lui plaira ; telle que fut la voïe de la *pécherefle* pénitente de l'Evangile, dont Jefus-Chrift dit : (*b*) *Beaucoup de pechés lui font remis ; parse qu'elle a beaucoup aimé :* La voïe de S. PIERRE, qui fe releva de fa

chute

_____

(*a*) 1 Cor. 12. ℣. 11. (*b*) Luc 7. ℣. 47.

chute par le même Amour, & par la vérité de cette parole d'amour; *(a) Seigneur,*
qui ſavez toutes choſes, vous ſavez que je vous
aime: Celle de S. P A U L qui s'étant converti par un amour ſoumis & abſolu, qui le
porte d'abord à ſe ſacrifier à la volonté de
Dieu, *(b) Seigneur, que voulez-vous que je*
faſſe, le fait perſéverer généreuſement à braver tout le reſte: *(c) Qui eſt-ce qui nous ſépa-*
rera de l'Amour de Jeſus-Chriſt? -- Je ſuis
aſſuré que ni la mort, ni la vie, ni les anges,
ni les principautés, ni les puiſſances, ni les cho-
ſes préſentes, ni les futures, ni la violence, ni
tout ce qu'il y a de plus haut ou de plus profond,
ni aucune autre créature, ne pourra nous ſépa-
rer de l'Amour de Dieu en Jeſus-Chriſt notre
Seigneur. Telle fut encore depuis peu la
voie de la grande & incomparable Sainte
C A T H E R I N E D E G E N E S, dont la vie
& les écrits ſont tels, que juſqu'alors on n'a-
voit encore rien vû de pareil ſur ce noble
ſujet; & qui convertie ſubitement par l'a-
trait du pur Amour, ne pouvoit proferer
que ce peu de paroles: *(d) O Amour! eſt-*
il poſſible que vous m'aiez apellée avec tant de
bonté, & que vous m'aiez fait connoître en un
inſtant ce que la langue ne peut exprimer! Tel-

** 2   le

(a) Jean 21. ⋆. 17. (b) Act. 9. ⋆. 6. (c) Rom. 8. ⋆. 38,
38, 39. (d) Vie de Ste. Cath. Chap. 2.

le encore la voie du saint Religieux de Bretagne, JEAN DE S. SAMSON, qui tout aveugle qu'il fut dès l'enfance, fournit cependant sans broncher cette noble carriere, & en a laissé grand nombre de Traités pleins d'ardeur & d'onction divine qu'il avoit tous dictés par le même Amour: Celle du bon F. LAURENT DE LA RÉSURRECTION, de la conversion duquel on a fait mention un peu auparavant ; enfin celle de l'admirable ARMELLE NICOLAS, dite la bonne Armelle, pauvre idiote de païsane & de servante, dont le cœur & l'esprit, les actions & les discours ne respiroient que le pur Amour de Dieu, qui lui avoit fait éprouver & subir les plus merveilleuses de ses opérations ; & qui lui faisoit dire à ce sujet: (a) *O mon AMOUR & mon TOUT, qui eût jamais pensé voir ce cœur dans l'état où il est maintenant ? O AMOUR, quoique vous soiez toûjours le même, ô que vous êtes néanmoins diferent en vos opérations, & que vous savez bien vous acommoder à nos foiblesses ! Où est le tems, ô divin AMOUR, que vous agissiez dans ce cœur en CONQUERANT & en VAINQUEUR, armé de feux & de flammes, brûlant, embrasant & consumant tout ce qui*

(a) *La Vie de la bonne Armelle Liv. I, Chap. 26. Edit. de Hollande, 1704.*

qui s'opposoit à vos divines volontés , le pénétrant de vos dards & de vos fléches , en sorte que je croiois chaque jour en devoir mourir : & vous ne l'avez jamais laissé en repos que vous ne l'aiez tout vaincu & triomphé. Puis après , ô divin A M O U R , vous y avez régné en R O I puissant & paisible ; en P E'R E très - doux & misericordieux ; en E P O U X très-amoureux & libéral , lui départant vos graces & faveurs avec la profusion que vous seul savez , ô divin A M O U R ! Et maintenant vous y régnez en D I E U ! Oui, mon Dieu, vous y êtes tout tel que vous êtes, incompréhensible & inaccessible, vous y êtes ainsi dans ce pauvre cœur , que vous gardez de telle sorte , que rien n'en aproche plus que V O U S S E U L.

12. C'est à de semblables opérations de l'A M O U R D I V I N , tout noble & généreux, tout pur & desinteressé, & qui ne regarde que D I E U S E U L, son vrai & son unique objet, son motif, sa fin & son T O U T, que reviennent les Explications sublimes qu'on a données aux Emblémes suivans dans les vers qui y sont annexés, & qui semblent n'être que d'ardentes éfusions d'un cœur tout animé & agi de l'Amour de Dieu le plus pur, & des élevations presque continuelles de ce même cœur à Dieu. Si j'osois hazarder mes pensées ou mes conjectures touchant leur Auteur , je dirois,

rois, que fi ce n'eft pas la même perfonne dont on a publié depuis peu plufieurs (a) Volumes d'*Explications & de Reflexions fur l'Ancien & fur le Nouveau Teftament qui regardent la Vie Intérieure*, ce doit être au moins une perfonne douée du même efprit & des mêmes difpofitions de cœur ; puifque rien n'eft plus facile que de remarquer ici les mêmes principes & le même élement du pur Amour que dans ces excellentes *Explications & Réflexions fur la Sainte Ecriture*. On laiffe néanmoins à ceux qui auront lû ou qui voudront lire & conferer enfemble ces diferens ouvrages, la liberté d'en juger comme ils le trouveront à propos. On les avertit feulement, que l'Auteur de ces vers (b) en aiant fait à deux diverfes fois fur les Emblémes de Vænius, on a mis feparément vers la fin de l'ouvrage la derniere de fes compofitions, fans pour cela avoir eu deffein de la faire regarder comme inférieure à la premiere : la feule dificulté qu'on a trouvée à donner place à toutes les deux entre les figures, eft caufe qu'on en a dû ufer de la forte.

13. Pour

(a) *A favoir Douze Vol. fur l'Ancien, & huit fur le Nouveau Teftament, imprimés ici en* 1713-1715. *puis encore deux Volumes de Difcours Spirituels de la même plume, en* 1716.

(b) Ceux de la page 53. fur l'Emblème de *Perficit & fuftinet*, y ont été ajoutés par un autre, cet Emblème fe trouvant fur le titre de l'edition principale de Vænius, (que notre Auteur aparemment n'a point vûe) on ne l'a pas voulu omettre ici.

13. Pour conclufion, l'on fouhaite à tous ceux qui voudront faire un bon ufage de ce livre, la difpofition d'ame qui eft néceffairement réquife à cet éfet. Elle eft clairement dépeinte dans toutes les figures de ces Emblémes fous la forme d'un enfant; ce qui marque, que l'ame qui veut entrer & perféverer dans la communication avec Dieu & fon divin Amour, doit être douée des aimables & enfantines qualités d'innocence, de fimplicité, de pureté, de defapropriation, de candeur, de benignité, de docilité & de flexibilité à fe laiffer conduire & gouverner à Dieu comme un petit enfant, fans répugnance, fans préfomption, fans fierté, fans malice, fans fraude & fans duplicité de cœur. C'eft ce qui requiert de nous plus d'une fois la parole de Dieu même par la bouche de David, de Salomon, d'Ifaïe & des Prophétes, des Apôtres S. Pierre, S. Paul, S. Jean, & enfin de Jefus-Chrift, qui nous affure, que (a) *le Roiaume de Dieu eft pour ceux qui font comme des enfans :* que *fi on ne le* veut *recevoir* dans une difpofition *d'enfant, on n'y entrera point,* & que même on n'en aura pas la vraie connoiffance, puifque (b) le Pére ne fait connoitre fon Fils & les mifteres de fon Roiaume qu'*aux fimples & aux petits,* felon l'affertion

** 4　　　　　　du

_____

(a) Marc. 10. vf. 14, 15.　(b) Matth. 11. vf. 25.

du Seigneur , qui nous faſſe la grace de re-
nouveller bientôt ſur la terre ſon Eſprit d'innocence , de ſimplicité & d'Amour enfantin
& filial , afin que *le Nom de Dieu* , ſelon (*a*) la
Prophetie de David , ſoit loüé & *glorifié en*
tous lieux par la bouche des petits enfans, qui
ſeuls le beniront éternellement à ſon gout &
gré divin ! Puiſſions nous en être du nombre !

(*a*) Pſ. 1. vſ. 1.

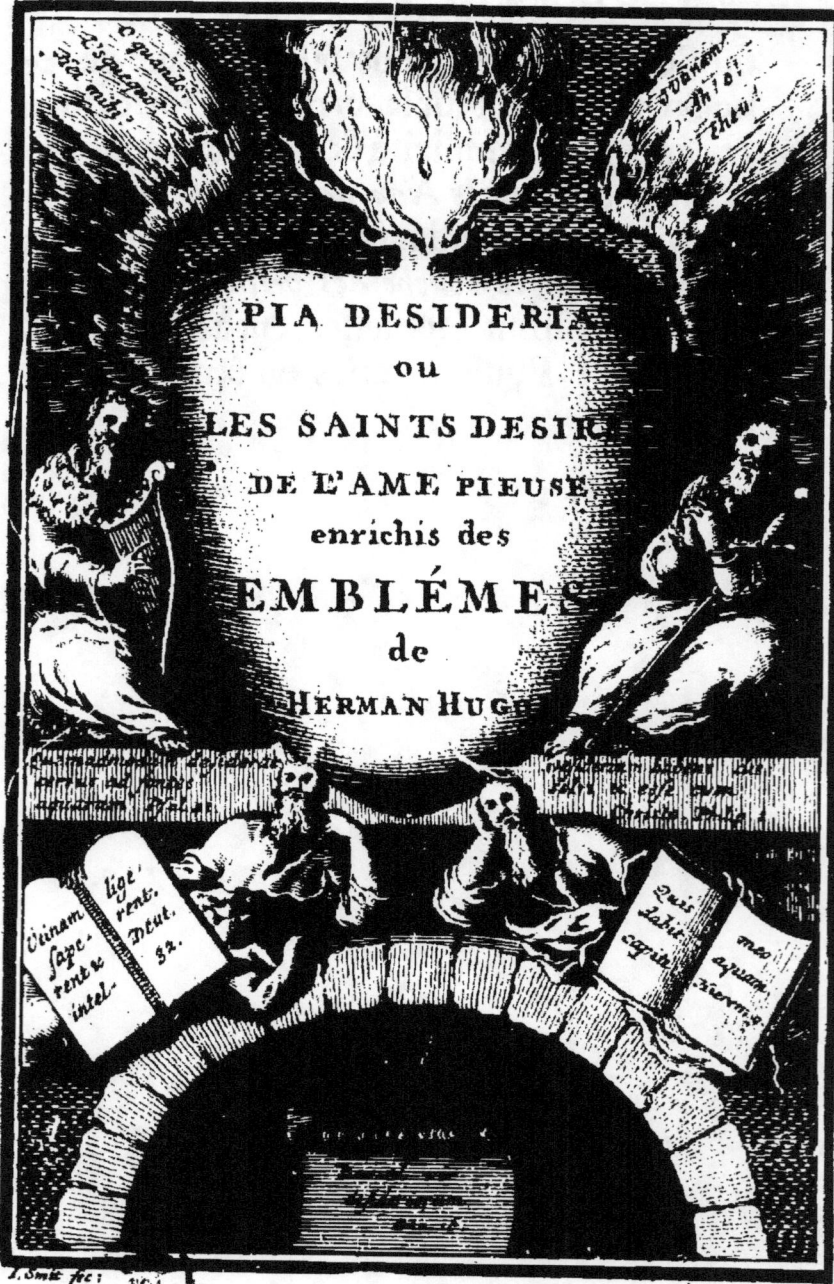

PIA DESIDERIA

ou

LES SAINTS DESIR

DE L'AME PIEUSE

enrichis des

EMBLÉMES

de

HERMAN HUGO

A COLOGNE

chez JEAN DE LA PIERRE.

LES
EMBLÉMES

DE
HERMANNUS HUGO
SUR SES
PIEUX DESIRS

qui repréfentent

les Difpofitions les plus effentielles

DE L'INTÉRIEUR CHRÉTIEN;

expofés

EN VERS LIBRES.

PSAUME XLVIII. 4, 5.

Ma bouche publiera la sageſſe, & la medi-
ration de mon Cœur annoncera la prudence.
Je tiendrai l'oreille ativé aux PARA-
BOLES, *& je chanterai ſur la harpe mes*
ENIGMES.

PROLOGUE.

IL eſt ici trois ſortes de ſoupirs :
Les premiers ſont l'éfet d'une douleur profonde,
D'avoir tant ofenſé le Créateur du monde :
Le cœur eſt acablé de cruels déplaiſirs ;
    Pour ſatisfaire à la Juſtice,
    On s'impoſe certain ſuplice,
    On travaille à ſe corriger ;
C'eſt le premier moien pour nous faire changer.

Celui dont la bonté pour nous eſt ſans égale
    Paroit afin de conſoler ce cœur,
    Lorſqu'en ceſſant d'être pécheur
    Il s'anéantit, ſe ravale :
Dieu qui ſe plait dans notre humilité,
    Remplit le cœur de charité :
Ce ſont d'autres ſoupirs, qui viennent d'une flame
    Bien plus pure, & déja notre ame
    Ne peut ſoupirer que d'amour.
Ces ſoupirs vont vers Dieu, & même ſans détour :
Car les premiers ſoupirs recourbés ſur nous-mê-
    mes,
    Sembloient ne regarder que nous :
On craignoit de mon Dieu juſques aux moindres
    coups :
La peïne & la douleur qui nous ſembloient ex-
    trêmes
    N'enviſageoient que le propre interêt,
    On craignoit le divin arrêt :
    Les ſoupirs de l'ame amoureuſe
Montent droit au Seigneur : Oui, je veux bien
    périr
    Si ma perte t'eſt glorieuſe,
Dit-elle, ô Dieu, fais moi bientôt mourir.

                Cet

Cet amour cependant eſt melé de douleur,
On eſt peiné de ſon ofenſe,
On en déſire la vengeance,
On veut même que Dieu n'épargne pas le cœur:
Punis, punis, mon adorable Maitre,
Ce cœur ingrat autant que traitre.

Il vient après certain ſoupir d'amour:
Que ce ſoupir eſt déléctable!
Car l'ame ne ſent plus de douleur qui l'acable;
Elle habite un autre ſéjour:
On ne fait plus que languir ſur la terre,
On voudroit paſſer en ſon Dieu:
L'activité de ce beau feu
Eſt pour remonter à ſa ſphere.

Peu-à-peu les ſoupirs s'éteignent,
On ne ſauroit plus ſoupirer,
On ne ſauroit plus déſirer,
Il ſemble que ces feux ſi charmans ſe contraignent.
Non, non, ils ſont paſſés dans la tranquilité
D'un feu qu'aucun ſujet ne retient en ce monde:
Ils traverſent la terre & l'onde
Pour ſe perdre dans l'unité.

ur:

s

ai-
de:

E-

Domine, ante te omne desiderium meum, et gemitus meus à te non est absconditus. Psal. 37.

DÉDICACE
A JESUS

Le Désiré.

Seigneur, tout mon désir est exposé à vos yeux;
& mon gémissement ne vous est point caché.

JE soupire vers vous, ô mon unique Bien !
Le soupir est du cœur le fidéle interprete,
   Quoique ma langue soit muëtte
Le langage du coeur jusques à vous parvient.

  Vous, qui connoissez bien le secret de mon ame,
    Ne rebutez point mes soupirs :
    Sortant, ils redoublent ma flame,
    Adoucissent mes déplaisirs.

Oeil sans cesse veillant, Sapience adorable,
    Rien ne peut vous être caché,
    Vous voiez le mal qui m'acable :
  Quoique mon cœur de tout soit détaché.

Dans ce désert sacré je soupire sans cesse :
    Je reconnois bien cependant
  Que ces soupirs viennent de ma foiblesse,
Et ne conviennent point au plus parfait Amant.

A

LIVRE PREMIER.

I.

Mon ame vous a défiré pendant la nuit.

DE deux fortes de nuits où l'on cherche l'Epoux,
    L'une commence la carriere :
    A la faveur de fa lumiere
On quite le péché qui paroiffoit trop doux :

  L'ame voit bien alors qu'elle marche en ténébres :
    Et cet éfet d'un petit jour
    Rend les converfions célébres :
Cette foible clarté vient pourtant de l'amour.

  Il eft une autre nuit ; mais nuit toute divine ;
    Il ne paroit ni lampe, ni flambeau ;
C'eft l'Amour le plus pur qui lui-même illumine,
    Et nous donne un état nouveau.

  O ténébreufe foi, vous étes préférable
    A ce qu'on apelle clarté :
Vous nous faites jouïr de ce Tout immuable
    Qui donne la félicité.

1.

Anima mea desideravit te in nocte. pag. 26.

Deus tu scis insipientiam meam, et delicta mea à te non sunt abscondita. Psal. 68.

II.

O Dieu, vous connoissez ma folie, & mes péchés
ne vous sont point cachés.

QUe j'étois malheureux, quand éloigné de vous
Je n'aimois que les choses vaines !
Là me rangeant parmi les foux,
Mes démarches alors me paroissoient certaines :
Je m'égarois à tous momens
Dedans ces vains amusemens,
Que j'osois bien nommer sagesse :
Amour divin, vous venez m'apeller
Vous me tirez de ma foiblesse,
Vous atirez mon cœur & daignez lui parler :

Ah, je n'écoutois pas cette charmante voix
Qui parloit au fond de mon ame ;
Pour suivre mon indigne choix
J'osois me dérober à votre douce flame :
Je vous faisois horreur, & je m'aplaudissois
En secret dedans ma folie :
Que j'en ai de regret ! voiez mon repentir :
C'est vous, divin Amour, qui changerez ma vie,
Vous seul pouvez me convertir.

III. *Aiez*

III.

Aiez pitié de moi, Seigneur, parce que je suis foi-
ble : Seigneur, guérissez moi, parce que
mes os sont tout ébranlés.

Aie pitié de moi, mon adorable Maitre ;
    Mon corps est foible & languissant !
    Chaque moment détruit mon être :
Toi seul peux me guérir, ô mon céleste Amant.

  Ah, le mal du dedans m'est plus insuportable
    Que les maux que soufre mon corps ;
    Si je pouvois t'être agréable
    Je rirois des maux du dehors.

  Guéris, change mon cœur ; Que je serai contente
D'endurer chaque jour mille tourmens divers !
    Si je puis être ton Amante
    Je défirai tout l'univers.

  Je n'apréhende plus ni l'ennui, ni la peine,
    Si j'apartiens à mon Amour ;
    Si je pouvois porter sa chaine,
Je perdrois sans regret la lumiere du jour.

III.

Miserere mei Domine, quoniam infirmus sum; sana
me Domine, quoniam conturbata sunt ossa mea! Psal. 6.

Vide humilitatem meam et laborem meum,
et dimitte universa delicta mea! Psal. 24.

I V.

Regardez l'état si humilié & si pénible où je me trouve; & remetez moi tous mes péchés.

JE connois mon iniquité
Et la grandeur de mon ofense:
Envisage ma pénitence,
Et traite moi, Seigneur, felon ta volonté.

Je ne me plaindrai point d'un travail si pénible,
Je voudrois soufrir plus de maux
Si je pouvois par mes travaux
Te rendre à ma peine fensible.

Ah, que dis-je, Seigneur? Frape, double tes coups,
N'épargne point ce cœur rebelle
Puisqu'il mérite ton couroux,
Ah, frape & le rend plus fidelle.

Je détefte ce cœur ingrat.
J'aime mon chatiment, je le trouve équitable:
Et fous le travail qui m'abat
Je benis en fecret les coups dont il m'acable.

Ah, redouble mes maux; éface mon péché,
C'eft, cher Amant, tout ce que je demande:
De mon travail ne fois jamais touché;
'T'on couroux feul eft ce que j'apréhende:
Si je te plais, tous les tourmens
Me feront des contentemens.

V.

*Souvenez vous, je vous prie, que vous m'avez fait
comme un ouvrage d'argile ; & que dans peu
de tems vous me reduirez en poudre.*

TU m'as, mon Seigneur, formé d'un peu de cendre,
        Et j'y vais bientôt retourner :
Bien loin de m'élever, je dois toûjours defcendre ;
Aux mépris, aux douleurs je veux m'abandonner.

    O mon unique efpoir dans ma longue mifére,
        En me formant à ta façon
        Imprime moi cette leçon,
        Que je ne fuis rien que pouffiere !

    Pourrois-je m'emporter à quelque élévement
        Connoiffant bien mon origine ?
        Si je m'abime en mon néant
    Je rentrerai dans l'Effence divine.

    Mon efprit fimple & pur émane de mon Dieu ;
        Mon corps eft forti de la terre :
        Que chacun retourne en fon lieu,
    Le corps en poudre, & l'ame dans fa fphere.

    O fouverain Amour, tranfporte mon efprit,
        Et l'abime dans fon principe !
Fais auffi que mon corps en poudre étant reduit,
Au bonheur de l'efprit un jour il participe !

VI. *J'ai*

Memento, quæso, quod sicut lutum feceris me, et in pulverem reduces me! Iob. 10.

Peccavi. Quid faciam tibi, O custos hominum?
quare posuisti me contrarium tibi? Job 7.

VI.

J'ai péché: que ferai-je pour vous apaiser, ô Sauveur des hommes? Pourquoi m'avez-vous mis dans un état contraire à vous.

JE vous ai réfifté, pur & divin Amour,
Je vous ai réfifté; quelle étoit mon audace!
     Ah, puis-je encor foufrir le jour?
Non; ce n'eft qu'en tremblant que je demande grace.

  De tout mon cœur je me foumets à vous,
     C'en eft fait, je vous rends les armes;
     Indigne de votre couroux
     Je n'efpére rien de mes larmes.

Vous m'avez defarmée, ô trop charmant Vainqueur,
     Je dois être votre captive;
     Vous avez enlevé mon cœur;
  Je ne crains plus que jamais il m'arrive,
Divin Amour, de combatre avec vous.
Pour empecher ce mal je me livre fans feinte:
     Mon ame a perdu toute crainte,
     Et veut s'expofer à vos coups:

  Puniffez, pardonnez, vous en êtes le maitre.
Ces coups venant de vous rendront mon cœur heu-
         reux:
     Ce cœur feroit un lâche, un traitre,
  Si votre chatiment lui fembloît rigoureux.
     Vous êtes l'auteur de fon être,
  Et vous l'avez rendu trop amoureux.

VII. Pour

VII.

Pourquoi me cachez-vous votre visage, & pour-
quoi me croiez-vous votre enemi ?

L'ame.

AH, ne me cache plus ton aimable visage !
Je ne puis suporter ce cruel chatiment :
 C'est me punir bien d'avantage
 Que me livrer au plus rude tourment.

 Amour saint & sacré, n'as-tu pas d'autres peines ?
 Livre moi plutôt à tes feux :
Exerce sur mon corps les plus terribles gênes ;
Mais ne dérobe point tes charmes à mes yeux.

 Helas, divin Amour, je suis assez punie,
 Laisse moi te voir un moment ;
 Si non, je vais perdre la vie,
 Prends pitié de moi, cher Amant !

Notre Seigneur.

 Ne vois tu pas, trop indiscréte Amante,
 Que tu ne peux encor me voir ?
 'Ton cœur est-il sans désir & sans pante ?
 Est-il soumis à mon vouloir ?

 Ne m'importune plus, & soufre mon absence
 Pour te punir de ton erreur
 Et de ta folle résistance :
Pour me voir il te faut mieux épurer le cœur :

 Il faut t'abandonner toi-même,
 Me laisser faire à mon plaisir.
Si tu m'aimois comme je veux qu'on m'aime,
'Tu n'oserois former un seul désir.

VIII. Qui

Cur faciem tuam abscondis et arbitraris me inimicum tuum? Job. 13.

VIII.

Quis dabit capiti meo aquam et oculis
meis fontem lacrimarum? Hierem. 9.

VIII.

Qui donnera de l'eau à ma tête, & à mes yeux
une fontaine de larmes, pour pleurer
jour & nuit ?

Ainsi qu'un alambic la chaleur de l'amour
  Dissout le cœur & le distille en larmes;
    S'il ne se fond pas chaque jour,
    Il n'est guere épris de ses charmes.

C'est le premier éfet que produit ce beau feu:
Mais un feu plus ardent fait passer l'Amant même
    Dans le cœur de ce Dieu qu'il aime;
      Alors il n'est plus de milieu
      Entre cet Amant & son Dieu.

Pleurez, mes yeux, pleurez, changez vous en fon-
            taine,
      Afin de me faire obtenir
      Cette charité souveraine
      Qui peut seule à mon Dieu m'unir.

IX.

*J'ai été assiegé des douleurs de l'enfer, & les piéges
de la mort ont été tendus devant moi.*

MAlheureux que je suis, où me voi-je reduit?
    La mort, & l'enfer qui m'entraine,
    Me montrent ma perte certaine
Sans que je puisse voir où la mort me conduit.

    Mourant je suis dans ses filets,
    Mon ame est déja prisonniere;
    L'enfer qui me tient dans ses rets
    Ne permet pas seulement que j'espere.
    Grand Dieu, venez me sécourir;
    Si non, je suis près de périr.

J'aperçois mon Sauveur d'une main sécourable
    Qui vient briser à l'instant mes liens:
    Que ce sécours m'est favorable!
Ranimant mon espoir il me fait mille biens.

    Helas, tirez moi de moi-même,
Et je ne craindrai plus ni l'enfer ni la mort:
    Si quelque jour mon cœur vous aime,
    Je me rirai de leur éfort.

Pardonnez mon forfait, faites que je vous suive,
    O mon puissant Liberateur!
    Et si vous voulez que je vive,
    Que ce soit donc pour votre honneur!

X. N'en.

IX.

Dolores inferni circumdederunt me, praeoc-
cupaverunt me laquei mortis. Psal. 17.

T. Smit fec.

Non intres in judicium cum servo tuo, quia
non justificabitur in conspectu tuo omnis vivens.
Psal. 142.

X.

N'entrez point en jugement avec votre serviteur.

QUe votre jugement est saint, est équitable !
 Je me suis livré dans vos mains,
 Divin Maître de mes destins :
 Je ne puis plus être comptable.

Vous possédez mon bien, je vous l'ai tout remis,
 Je ne saurois vous rendre compte,
L'amour est mon Garant, & vous m'avez permis
 De vous le présenter sans honte.

Helas, si vous vouliez compter avecque moi,
 Je serois tôt reduit en poudre ;
 Mon esprit tout rempli d'éfroi
 Atendroit tremblant votre foudre.

 Pour éviter ce grand malheur
 J'ai quité ce vilain moi-même ;
 Je vous ai tout remis, Seigneur,
 Restant dans un néant extrême.

Je ne comptai jamais, ô mon Souverain Bien,
 Ni les travaux, ni la sousfrance :
 Si je reste dedans mon rien
 Pouvez-vous exercer sur moi votre vengeance ?

Sans compter je veux bien subir l'auguste loi
 De la Justice qui m'est chére :
 Mais je ne vois pas, ô mon Roi ;
 Où tomberoit votre colére :
 La foudre éclate sur les corps :
 Je ne puis craindre ses éforts ;
Car sur le rien elle ne peut rien faire.

Mon divin Maître, helas, dans ce terrible jour,
 Ne me jugez que sur l'amour.

X I.

Que la tempête ne me submerge point ; & que je
ne sois point enseveli dans cet abime.

JE suis presqu'abimé par l'orage & les flots,
Sur moi fondre je vois une horrible tempête;
    La foudre déja sur ma tête
    M'ôte l'espoir & le repos.

Venez à mon sécours, seul Auteur de ma flame,
    Sans vous, sans vous je vais périr:
    Voiez le trouble de mon ame;
    Helas! daignez me secourir.

Ah, ce n'est pas en vain, grand Dieu, qu'on vous
        apelle;
    Vous venez à mes cris perçans;
    Et dans les dangers plus pressans,
    Que votre amour paroit fidelle!

J'étois presqu'englouti dans le fond de la mer,
· Je m'enfonçois toûjours dans l'onde;
    Mais votre grace sans seconde
    M'a retiré quand j'allois m'abimer.

Notre Seigneur.

Je te tire d'ici pour un plus grand naufrage;
    Je veux t'abimer dans l'amour:
    C'est où tu trouveras un jour
    Et ta perte & ton avantage.

L'ame.

Tirez moi seulement de l'état où je suis,
    O vous, Seigneur, en qui j'espere.
De votre volonté mon cœur est trop épris
    Pour ne vouloir en tout vous satisfaire.

Faites, faites de moi selon votre plaisir,
    Daignez me donner la constance;
    Je ne craindrai plus la soufrance,
Je sens déja pour elle un souverain désir.

XII. Qui

Non me demergat tempestas aquæ, neq; absor
beat me profundum! Psal. 68.

XII.

Quis mihi hoc tribuat ut in inferno protegas me, et abscondas me donec pertranseat furor tuus? Iob. 14.

XII.

Qui me pourra procurer cette grace que vous me metiez à couvert, & me cachiez dans l'enfer, jusqu'à ce que votre fureur soit entierement passé ?

QUe ferai-je, Seigneur, pour éviter tes coups,
  Pour me cacher à ta colere ?
  Est-il quelque antre sous la terre
Où je sois à l'abri de ton juste courroux ?

  Je suis pénétré de douleur
  D'avoir atiré ta vengeance;
  Je céde bien moins à la peur
  Qu'au déplaisir de mon ofense.

Helas, si tu voulois me punir aujourd'hui
  En faisant cesser ta colére,
  Je verrois changer mon ennui,
  Ah Seigneur, en qui seul j'espére !

  La douleur de t'avoir déplû
  Me donne une peine cruelle,
  Mon cœur cesse d'être rebelle,
Sous l'éfort de tes coups il se trouve abatu.

Ne m'abandonne pas à ma propre misére,
  O toi, toi, Sauveur des humains;
Suspens pour quelque tems ta justice sevére,
Daigne me proteger de tes puissantes mains.

  Je sai que tes misericordes
  Surpassent notre iniquité:
Si j'obtiens mon pardon, & si tu me l'acordes
Je te satisferai par mon humilité.

XIII.

Le peu de jours qui me reſtent ne finiront-ils point
bientôt ? Donnez moi donc un peu de relâche,
afin que je puiſſe reſpirer dans ma douleur.

LAiſſez moi pleurer ma douleur,
Doux artiſan de mon martire.
O vous, pour qui mon cœur ſoupire,
Que vous avez bientôt changé votre fureur !

A peine ai-je pleuré quelque tems mon ofenſe,
Que vous venez me ſoulager :
Laiſſez couler mes jours dedans la pénitence,
Vous ſavez bien mal vous venger.

Je ſuis près de ma fin, & mes jours comme l'ombre
S'évanouïront à l'inſtant :
Ah, dans cette demeure ſombre
Laiſſez moi pleurer, cher Amant.

Vous voulez que je me conſole
Même après vous avoir déplû,
Et votre divine parole
Me va faire oublier tout ce qui vous eſt dû.

Vos careſſes pleines de charmes
Même malgré mon cœur ont fait tarir mes larmes
Je ſens déja la paix inonder mon eſprit :
Et je n'éprouve plus ces cruelles alarmes
Qui me rendoient tout interdit.

Puiſque vous le voulez j'abandonne mon ame
A ce calme divin que goûtent vos Amans,
Je ſens naitre en moi cette flame
Qui fait tout leur contentement.

Ne ſoufrez pas, Seigneur, que mon cœur vous
ofenſe,
Prévenez mon forfait puniſſant mon péché :
J'adorerai cette vengeance
Si d'infidélité mon cœur n'eſt point taché.

XIV. *Ab*

Nunquid non paucitas dierum meorum finie-
tur brevi? Dimitte ergo me ut plangam paul-
lum dolorem meum? Iob. 10.

Utinam saperent et intelligerent – ac novissima providerent! Deuteron. 32.

XIV.

Ah s'ils avoient de la sagesse! Ah s'ils comprenoient
ma conduite, & qu'ils prévissent à quoi
tout se terminera!

VOus me montrez, Seigneur, cette gloire future;
 Afin de consoler mon cœur:
 Cela plait fort à la nature;
Mais je veux vous aimer avec bien plus d'ardeur.

 Cachez moi cette recompense,
 Que vous gardez pour vos enfans:
Laissez moi vous aimer avec cette constance
 Qui n'atend rien de vos présens.

 Quand vous n'auriez à me donner
 Que les flames pour mon partage,
 Je voudrois toûjours vous aimer
Et vous servir avec même courage.

Mais pourrois-je l'avoir si vous ne le donnez
 Cet amour pur que je désire?
 C'est un éfet de vos bontés;
Je voudrois l'acheter par un rude martire.

Afin de l'aquerir je n'ai rien à donner,
 Car je suis la pauvreté même:
 Je puis, en tout, m'abandonner,
Et vous montrer par là, grand Dieu, que je vous aime.

Recevez mon néant; c'est mon unique bien:
 Le néant est mon seul partage.
 Je vous veux, ou je ne veux rien;
Soiez, Amour, mon unique héritage!

XV.

Ma vie se consume de douleur, & mes années se
passent dans les gemissemens.

MEs jours se font passés dans les gemissemens,
    En douleurs s'écoule ma vie :
    Mais, ô Roi de tous les Amans,
    J'en ferai bientôt afranchie.

Je voi de loin la mort qui semble m'aprocher ;
    Je n'ose témoigner de joie :
    J'apréhende de vous fâcher.
    Helas, faites que je vous voie !

Vous pouvez tout d'un coup purifier mon cœur,
    Et vous le rendre si conforme,
    Malgré cette foible langueur,
    Qu'il n'y reste plus rien de l'homme.

Qu'afranchie de tout je ne subsiste plus :
    Arrachez moi, mon Seigneur, à moi-même :
    Que je ne vive qu'en JESUS ;
    Et seul en moi qu'il s'adore & qu'il s'aime !

    Ah je suis reduite au néant :
Son amour m'a ravi cette vigueur premiere,
    Qui me faisoit courir incessamment
    Vers cette source de lumiere.

Je ne puis plus agir ; je ne puis que soufrir ;
Mon cœur même, mon cœur, ne sauroit plus gemir :
    Il éprouve une paix profonde,
    Comme s'il étoit seul au monde.

Je ne me connois plus, je ne sai si je suis,
    Je n'ai ni force, ni puissance ;
    Vos bras, qui me servent d'apuis
    Ne m'otent pas ma défaillance.

Je ne saurois vouloir, je n'ai plus de désir,
    Mon ame est morte à toute chose ;
    N'est-il pas tems, cher Epoux, de mourir,
Et de me réünir à la premiere cause ?

                  L. I.

XV.

Defecit in dolore vita mea et anni mei
in gemitibus. Psalm 30.

J. Smit fe.

Concupivit anima mea desiderare justificatio=
nes tuas. Psal. 118.

Livre II.

XVI.

Mon ame a désiré avec une grande ardeur vos ordonnances.

Retire toi, va-t'en, amour trompeur,
    Je te déteste & je t'abhorre.
  Depuis le tems que j'ai donné mon cœur
A ce Dieu souverain que j'aime & que j'adore,
Je n'ai plus écouté tes profanes discours :
    Oses-tu bien venir encore,
Afin de me troubler dans mes chastes amours ?

  Celui qui tient mon cœur saura bien le défendre.
    Quite ton arc & ton bandeau,
    Ou te retire en un païs nouveau :
Les flames de l'amour qui m'ont reduite en cendre
Font que je ne saurois rien goûter ici bas :
    Quand on a connu ses apas,
Peut-on d'un vain objet encor se laisser prendre ?

    O mon céleste Epoux,
Mes yeux, mes chastes yeux ne voient plus que vous :
Tous les autres objets sont des objets funébres
Qui me feroient périr au milieu des ténébres.

Vous êtes mon bonheur, vous êtes ma clarté ;
Je ne connois que vous, souveraine Beauté.
C'est vous qui pénétrez le centre de mon ame,
C'est vous qui me brulez d'une si douce flame,
    Que je n'en veux jamais guérir :
Brulez toûjours mon cœur, ou me faites mourir !

C   XVII. Dai-

X V I I.

Daignez , Seigneur , régler mes voies de telle sor-
te , que je garde la justice de vos ordonnances.

DAns ce terrible labirinte,
  Si rempli de tours & détours,
Je marche, cher Époux, sans crainte
  Sur la foi de votre secours.

Je regarde de loin tomber au précipice
  Les plus hardis & le plus clair-voiant :
Je vais sans voir & tout mon artifice
Est de m'abandonner aux soins de mon Amant.

  Cet aveugle est un grand exemple
De l'abandon & de la foi ;
  Lorsque de loin je le contemple
Je me sens ravir hors de moi.
Il suit son petit chien & marche en assurance
  Sans broncher ni faire un faux pas.
Je suis guidé par votre providence
  Et je pourrois ne m'abandonner pas ?

  Celui qui compte sur sa force
Sur son adresse & son agilité
  Son orgueil lui servant d'amorce
  Est aussitôt précipité.

  Qui peut dans un si grand danger
Encor se fier à soi-même ;
Ah, que son audace est extrême !
Vous m'aprites à me ranger
Sous les soins de la providence
Et cette admirable science
Ne me laissa plus rien à ménager.

  Cette vie est un labirinte ;
  Si l'on veut marcher sûrement.
Que notre foi soit aveugle & sans feinte
Notre amour pur , & sans déguisement.

            X V I I I. *Aser-*

Utinam dirigantur viæ meæ ad custodiendas justificationes tuas! Psal. 118.

Perfice gressus meos in semitis tuis, ut non moveantur vestigia mea. Psal. 16.

XVIII.

Afermiſſez mes pas dans vos ſentiers, afin que mes pieds ne ſoient point ébranlés.

JE ne ſuis qu'un enfant, je ne ſaurois marcher,
    Divin Amour, ah, conduis moi toi-même !
Que ma foibleſſe, ô Dieu, puiſſe un jour te toucher :
    Qu'elle eſt grande, & qu'elle eſt extrême !

    Tu m'enſeignes les vrais ſentiers
    Qui conduiſent à la juſtice :
Sans ta puiſſante main je ne voi que bourbiers ;
    Enſuite abimes, précipice.

    Je tremble à chaque pas ; ah, viens à mon ſecours !
    Cet apui ne me ſert de guere ;
    Sans le ſoutien de mes amours
Je puis à chaque inſtant retourner en arriere.
    Amour, ne m'abandonne pas,
    Régle & conduis toûjours mes pas.

XIX.

Percez ma chair de votre crainte : car je suis saisi
de fraieur dans la vûe de vos jugemens.

SEigneur, une vile poussiere,
  Un néant plein de vanité,
Indigne de votre colère,
Doit atirer votre bonté.

   Non, non ce ne sont point vos coups,
Divin amour, que j'aprehende ;
Je ne crains que votre courroux ;
Helas, que ma douleur est grande !

   Où puis je aller pour me cacher ?
Ma fraieur augmente sans cesse ;
Car la justice vengeresse
M'ateindra bien sans me chercher.

   Je voi cependant, mon cher Maitre,
Que sous ce masque de fureur
Vous voulez vous cacher, peut être,
Mon mal ne sera pas aussi grand que ma peur.

   Helas, je suis si peu de chose !
Voulez-vous me perdre à l'instant ?
Vous, mon principe & ma premiere cause,
Pouvez me reduire au neant.

   Ah, retirez donc votre foudre ;
Il n'est pas besoin de vos dards.
Afin de me reduire en poudre,
Il ne faut qu'un de vos regards.

XIX.

Confige timore tuo carnes meas, à judiciis enim tuis timui. Psal. 118.

Averte oculos meos ne videant vanitatem.
Psal. 118.

X X.

Détournez mes yeux, afin qu'ils ne regardent pas la vanité.

TOus les plaisirs qu'on estime en ce monde,
S'écoulent plus vite que l'onde ;
Heureux sont ceux qui detournent les yeux
De ce monde flateur, méprisant son langage,
Ils auront un double avantage ;
Leur esprit délivré des objets odieux,
Ils peuvent contempler le Monarque des cieux.

C'est vous, divin Amour, qui faites ces merveilles :
Sitôt qu'on s'abandonne à vous
Vous nous gardez du monde & de ses coups,
Et nous comblez de graces sans pareilles.

Vous nous faites haïr la folle vanité,
Et nous faites aimer l'auguste Vérité,
Vous conduisez nos pas selon votre sagesse
Nous faisant éviter une fade mollesse.

Ah, cachez moi toujours de cet objet trompeur !
Ce fin & rusé suborneur
Avec ses faux plaisirs enchante,
Et pourroit enlever le cœur de votre Amante.

XXI.

Faites que mon cœur se conserve pur dans la prati-
que de vos ordonnances pleines de justice ; afin
que je ne sois point confondu.

AH, recevez mon cœur, je n'en veux plus d'usage,
Si ce n'est, mon Seigneur, afin de vous aimer :
    Acordez moi cet avantage,
    Daignez vous-même l'enflamer.

S'il est entre vos mains vous le rendrez fidelle,
    Je n'en abuserai jamais,
    Me réglant sur ce qui vous plait.
Que votre sainte loi chez moi se renouvelle,
Et que, sans m'éloigner de vos sentiers divins,
    Mon cœur soit toûjours en vos mains :
    Conduisez le, Bonté suprême :
    Faites plus, perdez le en vous même.

    Qu'il n'en sorte jamais, que je le cherche en vain,
    Qu'il soit tout caché de ma vue,
    Abimé dans l'Essence nue ;
Je benirai toûjours son trop heureux destin.

XXI.

*Fiat cor meum immaculatum in justifica-
tionibus tuis, ut non confundar? Psal. 118.*

Veni dilecte mi, egrediamur in agrum,
commoremur in villis. Cantic. 7

XXII.

Venez, mon bien-aimé, fortons dans les champs,
demeurons dans les villages.

ALlons, mon cher Epoux , demeurer au village,
   Quitons la ville & l'embaras,
   Je veux par tout fuivre tes pas;
J'aime mieux habiter en quelque antre fauvage.

     Là loin du monde & de fon bruit
  Je veux t'aimer & te parler fans cesse,
   J'aurai le calme de la nuit;
Là je contemplerai ta divine fagesse.

  En marchant avec toi je ne puis me laffer,
   Tu donnes des forces nouvelles:
   Suivant ces routes éternelles
On marche jour & nuit, même fans y penfer.

  Partons dès maintenant, mon adorable Maitre,
   Sans plus retourner fur nos pas:
   Ah, je m'égarerois peut être,
  Divin Amour, fi je ne t'avois pas:

    Que dis-je? il feroit vrai fans doute.
   Si tu me laiffois un moment
   Eh, quelle feroit ma déroute,
Si je n'étois guidé par mon fidéle Amant!

XXIII.

Tirez moi : nous courrons après vous à l'odeur
de vos parfums.

Tirez moi, mon divin Epoux;
  Alors nous courrons après vous:
Car la suave odeur de vos parfums célestes
  En me tirant de mes langueurs funestes
  Me ranime & ravit mes sens:
    Ce parfum plus doux que l'encens,
    M'invite sans cesse à vous suivre:
Sans ce divin parfum je ne saurois plus vivre.

Que vous êtes novice encore en votre amour,
  Répondit l'Epoux à son tour:
Vous voulez des parfums la douceur atirante;
  Vous êtes une foible amante !

Je connois un chemin plus solide & plus court;
  C'est celui de mon pur amour.
On ne cherche point là ni parfum, ni tendresse;
  On est conduit par la Sagesse:

C'est là que la douleur, la peine, & le tourment,
  Distinguent le parfait Amant.
Quoi ! voulez-vous marcher sur la rose fleurie
Quand j'ai dans les tourmens vû terminer ma vie?
Suivez moi dans les maux, expirez sur la croix:
  Vous serez digne de mon choix.

XXIV. *Qui*

Trahe me, post te curremus in odorem
unguentorum tuorum. Cantic. 1.

XXIV.

Quis mihi det te fratrem meum sugentem ubera matris meæ, ut inveniam te foris et deosculer te, et jam me nemo despiciat? Cant. 8.

XXIV.

Qui vous donnera à moi, ô mon frere, suçant les mamelles de ma mére, afin que je vous trouve dehors, & que je vous donne un baiser, & qu'à l'avenir personne ne me méprise!

AH, qui me donnera mon Frére,
   Qui succe le sein de ma mére!
Que je le porte sur mon cœur,
Que je l'embrasse avec ardeur!

De ses chastes baisers que s'il me favorise
Je ne crains plus qu'on me méprise:
   Car je veux le mener dehors;
   Là chacun verra mes transports.

Enfant divin, auteur de ma longue soufrance,
   Tu ranimes mon espérance;
Je te trouve à présent; quel excès de plaisir!
   Je t'exposerai mon désir,
C'est de me voir unic avec toi sans partage:
   Acorde moi cet avantage,
   Alors je ne craindrai plus rien
Paisible possesseur de mon unique bien.

XXV. J'ai

X X V.

J'ai cherché dans mon petit lit durant les nuits ce-
lui qu'aime mon ame : Je l'ai cherché ; &
je ne l'ai point trouvé.

POurquoi cherchez-vous dans le lit
    Votre Epoux, Amante indiscrete ?
En vain vous l'y cherchez dans cette sombre nuit ;
    Il ne fait pas là sa retraite.

Avancez vous un peu, le voilà sur la Croix
    Percé de cloux ; paré d'épines ;
Vous ne le trouverez jamais que sur ce bois,
Les peines, les douleurs sont ses routes divines.

    C'est bien en vain que nous cherchons
Jesus dans le repos d'une indigne mollesse :
    Jamais nous ne l'y trouverons ;
Il vit dans la douleur, il meurt dans la tristesse ;
    Il se fatigue incessamment
    Pour gagner l'ame pécheresse ;
    Son repos est dans le tourment.

Soufrons, mourons à tout ; nous trouverons sans
    peine,
    L'illustre Epoux de notre cœur.
    C'est une recherche bien vaine
De vouloir dans le lit trouver notre Sauveur.

In lectulo meo per noctes quæsivi quem di-
ligit anima mea, quæsivi illum et non inveni.
Cantic. 3.

Surgam et circuibo civitatem per vicos et
platcas quaram quem diligit anima mea:
quaesivi illum et non inveni. Cantic. 3.

XXVI.

Je me leverai, je ferai le tour de la ville; & je
chercherai dans les rues & dans les places pu-
bliques celui qui est le bien-aimé de mon ame : je
l'ai cherché, & je ne l'ai point trouvé.

NOn, non, je ne veux plus vivre dans le repos,
Je veux courir par tout cherchant celui que j'aime:
Je l'ai cherché mal à propos,
Jamais je ne ferai de même.
D'une grande cité je vais faire le tour
Pour lui témoigner mon amour.

Que faites vous, ô folle Amante ?
Ah, que vous cherchez mal, toûjours à contretems !
Vous ne suivez que votre pante,
Et vous laissez guider aux sens.

Vous cherchez dans le lit ; Jesus est sur la Croix :
Il est auprès de vous, vous courez dans la ville.
Vous vous trompez dans votre choix :
Ne quitez point ce petit domicile.

Aimez, soufrez pour lui, qui prendra votre cœur,
Afin d'y faire sa retraite :
Alors vous serez satisfaite,
En tout tems, en tous lieux possédant ce bonheur.

Vous goûterez la paix même dans la soufrance,
Vous ne désirerez plus rien ;
Et votre cœur content de posséder ce bien
Vous aurez tout le reste avec surabondance.

X X V I I.

N'avez-vous point vû celui qu'aime mon ame ?
Lorsque j'eus passé tant soit-peu au delà d'eux,
j'ai trouvé celui qu'aime mon ame : je le tiens ;
& je ne le laisserai plus aller.

EN m'éloignant de toute créature
    J'ai trouvé mon célefte Epoux :
    Quand je fuivois trop la nature
    Je me privois d'un bien fi doux.

    Je le tiens, cet Amant fidelle,
Je ne foufrirai plus qu'il s'écarte de moi ;
Je lui jure aujourd'hui une amour éternelle
    Et pour jamais l'inviolable foi.

Demeurons, cher Epoux, dans cette folitude,
    Je vous découvrirai mes feux :
Je n'y foufrirai point la noire inquiétude :
    Vous poffeder eft le but de mes vœux.

    Là féparée & loin de toute chofe
    Je vous conterai mes amours :
Ah, faites que mon cœur dans votre cœur repofe,
    Et qu'il y repofe toûjours !

XXVIII. *Mais*

Vos, quem diligit anima mea, vidistis? Paullulum
cum pertransissem eos, inveni quem diligit anima mea: tenui eum, nec dimittam. Cantic. 5.

Mihi autem, adhærere Deo bonum est; ponere in Domino Deo spem meam. Psal. 72.

XXVIII.

Mais pour moi, tout mon bien eſt de me tenir uni
à Dieu, & de mettre toute mon eſpérance
au Seigneur, mon Dieu.

QU'il m'eſt bon d'adhérer à vous,
Et d'y mettre ma confiance!
Eſt-il rien, mon divin Epoux,
Plus charmant que cette adhérance?

Là nos cœurs ſont unis, nous n'avons qu'un vou-
loir,
Mon eſpérance n'eſt point vaine;
J'éprouve le divin pouvoir,
Qui veut bien me porter d'une main ſouveraine.

Je ne crains plus ni peine, ni danger,
Portée que je ſuis par ce Dieu que j'adore
Que le tourment paroit leger!
Je l'aime d'autant plus, plaiſir, que je t'abhorre.

Quel changement, grand Dieu, je découvre en
mon cœur!
J'aimois la vanité, je la voi déteſtable:
Je craignois la moindre douleur;
Le tourment me paroit aimable.
C'eſt vous, divin Amour, qui m'avez fait ce bien
Car ſans vous je ne pourrois rien.

XXIX.

*Je me suis reposée sous l'ombre de celui que
j'avois tant désiré.*

HElas, que j'ai soufert de peines, de travaux !
　　J'étois errante & vagabonde,
　　Je ne trouvois rien dans le monde
Qui pût servir à soulager mes maux.

　　Heureusement j'ai trouvé sur ce bois
　　Celui que mon ame aime :
　　Par un bonheur extrême,
Mon cœur a fait ce digne choix.

J'ai trouvé mon repos sous cet arbre fertile,
　　Où l'amour le tient ataché ;
　　Je l'ai choisi pour domicile,
Mon cœur ne pourra plus en être détaché.

　　Je me repose sous son ombre,
C'est où j'habite & la nuit & le jour :
　　Plus ma demeure paroit sombre,
Plus elle a ce qu'il faut pour plaire à mon Amour.

Là je trouve des fruits d'une douceur exquise ;
　　D'autres les trouveroient amers :
　　Pour moi, j'avoüe avec franchise
Que je n'en ai point vû de tels en l'univers.

XXX. Com-

Sub umbra illius quem desideraveram,
sedi. Cantic. 2.

Quomodo cantabimus canticum Domini,
in terra aliena? Psal. 136.

XXX.

Comment pourrions-nous chanter des cantiques du
Seigneur dans une terre étrangere?

L'Ame.

COmment pourrois-je, helas, dans la terre étrangere
    Entonner encor de faints airs?
Quand j'étois près de vous, mon Seigneur & mon
        Pére,
    Je formois de facrés concerts.

    A prefent je laiffe ma lire,
Je ne puis plus entonner de chanfons:
    Il faut, il faut que je foupire;
    Mon trifte cœur n'a plus de tons.

Notre Seigneur.

    C'eft moi, c'eft moi, qui veux que pour ma
        gloire
    Tu puiffes chanter en tous lieux:
Car il n'eft point de demeure affez noire,
Où l'on ne doive aimer & bruler de mes feux.

L'ame.

Chantons donc, cher Epoux: que l'harmonie eft
        belle
    Quand deux cœurs font bien amoureux,
    Et leur flame chafte & fide'lle,
    Que cet acord eft merveilleux!

    C'eft un concert toûjours le même,
    On n'y trouve point de faux ton,
    Jamais on n'aperçoit de Non:
Ce que l'un veut, quand l'amour eft extrême,
    L'autre répond au même inftant:
    Jamais de diferente note:
    O que ce Cantique eft charmant,
    Qui le divin Amour dénote!
Chantons, mon cœur, & la nuit & le jour:
On ne peut trop chanter quand on eft plein d'amour.

L l.

LIVRE III.

XXXI.

Je vous conjure, ô filles de Jerusalem, si vous
trouvez mon Bien-aimé, de lui dire, que
je languis d'amour.

O Vous, que j'aperçois, mes fidelles Compagnes,
    Vous qui parcourez les campagnes,
    Si vous rencontrez quelque jour
Mon Epoux, dites lui, que je languis d'amour.

    Helas! j'ai couru comme vous
    Pour rencontrer celui que j'aime:
    Tous mes travaux me sembloient doux
    Pour trouver cet aimable Epoux:
    Mais à présent ma langueur est extrême.

Mon cœur est pénetré de ses divins apas,
    Et je ne saurois faire un pas,
Je trouve mon repos dans l'amour qui m'enchante;
    Et ce repos me reduit aux abois.
Helas! je cesserois d'être si languissante
Si j'entendois encor son adorable voix.

    Dites lui que je suis mourante;
Peignez lui mon tourment, ô mes aimables sœurs:
    Aprenez lui que son Amante,
Est prête d'exspirer sous le poids des douleurs.

XXXII. Son-

Adjuro vos, filiæ Hierusalem, si inveneritis
dilectam meum, ut nuncietis ei, quia amore
langueo. Cantic. 5.

XXXII.

Fulcite me floribus, stipate me malis, quia amore langueo. Cantic. 2.

XXXII.

Soutenez moi avec des fleurs, fortifiez moi avec
des pommes : parce que je languis d'amour.

HElas, je vais mourir ! ah, couvrez moi de fleurs,
    Ne m'abandonnez pas, mes sœurs,
    Environnez moi de ces pommes
    Qu'on trouve au jardin de l'Epoux :
Ah, cachez moi de tous les hommes;
    Et que je fois feule avec vous.

  ,, De quoi peuvent fervir, incomparable Amante,
,, Ces pommes & ces fleurs ? Vous êtes languiffante;
,, Il vous faut de l'amour les céleftes faveurs :
    ,, Craignez-vous de manquer de fleurs ?

    ,, Ce ne font plus ces bagatelles
    ,, Qui maintenant vous doivent foulager :
,, Les épines, les croix, ce font les fleurs nouvelles
    ,, Dont l'Epoux veut vous partager.

    ,, Laiffez la pomme favoureufe;
    ,, Il faut devenir généreufe
  ,, Si vous voulez plaire au célefte Epoux;
  ,, C'eft le moien de l'atirer en vous.

XXXIII.

Mon Bien-aimé est à moi, & je suis à lui. Il se
nourrit parmi les lis, jusqu'à ce que le jour com-
mence à paroître, & que les ombres se dissipent
peu à peu.

C'En est fait, c'en est fait; je ne veux plus de fleurs,
     Si non pour faire une couronne
A mon céleste Epoux; & pour lui j'abandonne
     Dès à present tant de fades douceurs.

     L'amas de lis qui m'environne
     Represente ma pureté;
     Et c'est mon Epoux qui la donne;
Ce qui n'est pas de lui n'est rien que vanité.

     Cher & divin Epoux, ah, gardez vos faveurs;
Ce que vous me donnez, d'abord je le veux rendre:
     Ce n'est pas assez de ces fleurs,
Mon cœur est tout à vous, sans jamais le reprendre.

     Nous nous réjouïrons au milieu de ces lis,
     Jusqu'à ce que le jour revienne;
     Délicieuses sont mes nuits,
Vous permetez alors que je vous entretienne!

     Si je suis toute à vous, vous êtes tout à moi,
     Mon bonheur, ma joie est extrême.
     L'amour est mon unique loi;
Vous m'aimez: Vous savez, Seigneur, que je vous
     aime.

XXXIII.

Dilectus meus mihi et ego illi qui pascitur inter lilia, donec aspiret dies et inclinentur umbræ. Cant. 2.

Ego dilecto meo, et ad me conversio ejus.

Cantic: 7.

XXXIV.

Je suis à mon Bien-aimé, & son cœur se tourne
vers moi.

MOn cœur te suit par tout, ô mon divin Amant,
 Comme le fer suit son aimant:
Tu marques sur mon cœur comme sur la boussole
 Par tes regards, par ta parole
 Tes adorables volontés,
 Et me tournes de tous côtés.

L'Heliotrope aussi tourne vers la lumiere
 De son Soleil dont il est amoureux;
 Et ne pouvant quiter la terre,
Il voudroit, comme lui, faire le tour des cieux.

Mon cœur ainsi converti vers l'amour,
 L'amour est sa vive lumiere:
 Il me conduit dans ma carriere,
 Il fait & ma nuit & mon jour.

S'il s'éloigne de moi, je suis dans les ténébres;
Lorsqu'il est près de moi la nuit devient clarté:
 Il m'inspire sa vérité,
Sans lui tous les objets sont des objets funébres.

 Sans lui, je serois dans la mort;
 Il est en moi l'esprit, la vie;
 De tous maux je suis afranchie
 Sans que je fasse aucun éfort.

 IL EST A MOI, JE SUIS A LUI;
 Que cet amour est reciproque!
 Rien en cela n'est équivoque
 Puisqu'il en est le ferme apui.

X X X V.

Mon ame s'est fondue sitôt que mon Bien-aimé
a parlé.

O Feu pur & divin, chaleur délicieuse,
    Tu détruis une ame amoureuse!
Je fonds sitôt que j'entends la douceur
    De cette divine parole:
    C'est elle qui dissout mon cœur:
Que l'amour est une admirable école!
    L'ame s'écoule en son Seigneur.

Il ne lui reste plus de propre consistance;
    Elle se perd & s'abime en son Dieu:
      L'activité d'un si beau feu
    Lui donne une entiere innocence.

C'est toi, divin Amour, qui fais ce changement;
C'est toi qui fais passer l'ame dans ce qu'elle aime;
C'est toi qui la reduis en un certain néant,
Elle y trouve le Tout par un bonheur extrême.
    Banissons la proprieté,
    Nous trouverons la vérité;
Et nous la trouverons dedans la source même.

XXXVI. Car

XXXV.

Anima mea liquefacta est, ut dilectus locutus est. Cantic. 5.

Quid enim mihi est in cælo? et à te quid volui super terram? Psal. 72.

XXXVI.

Car qu'y a-t'il pour moi dans le ciel, & que désirai-
je sur la terre, si non vous ?

APrès ce changement, que pourrois-je vouloir
  Sur la terre & dans le ciel même ?
Je ne trouve chez moi ni désir, ni pouvoir;
  Tout est passé dans ce que j'aime.

 Vous êtes, ô mon Dieu, pour moi le ciel des cieux,
  Votre bonheur me rend contente;
  Vous serez toûjours glorieux,
  Je n'ai donc plus aucune atente,

 Tout mon bien est en vous, il ne sauroit périr;
  Vous serez toûjours adorable:
  C'est où se borne mon désir;
Votre félicité rend la mienne immuable.

 O mon céleste Epoux, je ne puis exprimer
  Ce que je sens dans le fond de mon ame:
  Vous avez daigné l'imprimer
  Avec des traits de pure flame.
  Ah, ne les éfacez jamais;
  C'est le comble de mes souhaits !

XXXVII.

Helas, que mon exil est long ! Je vis parmi les
habitans de Cédar. Mon ame est ici
étrangere.

QUe mon exil est long, cher & divin Epoux !
  J'atends la fin de ma carriere ;
  Et votre divine lumiere
Defend de défirer un bien qui m'est si doux.

  Je suis dans la terre étrangere,
 Dont j'abhorre les habitans ;
  Car on ne vous y connoit guere,
  Ce qui redouble mes tourmens.
  Vos ennemis me font la guerre :
  Cependant j'habite avec eux,
Et je serois sans vous dans un malheur afreux.

  Je me retire en solitude :
  Je vous raconte mon tourment ;
  Et je suis sans inquiétude
  Au milieu d'un peuple méchant.

Vous n'êtes point aimé, doux centre de mon ame ;
  Nul ne brule de votre flame :
Que c'est être méchant que ne vous pas aimer !
  Vous avez daigné m'enflamer ;
Pourquoi me laissez-vous chez un peuple rebelle,
  Puis que je ne vis que pour vous ?
 Ah, si jamais mon cœur vous fut fidelle
  Enlevez moi, mon cher Epoux !

XXXVIII. Mal-

Heu mihi, quia incolatus meus prolongatus est;
habitari cum habitantibus Cedar; multum
incola fuit anima mea! Psal. 119.

XXX.VIII.

Infelix ego homo! Quis me liberabit de corpore mortis huius? Ad Rom. 7.

XXXVIII.

Malheureux homme que je suis! qui me délivrera
du corps de cette mort?

JE languis dans une prison,
Où je puis, cher Epoux, vous devenir contraire:
  Ah, voiez mon afliction,
  Et m'empêchez de vous déplaire.

Je suis, helas, je suis un homme malheureux,
  Encor renfermé dans moi-même,
  Qui ne fais rien de généreux
Pour plaire à cet objet que j'adore & que j'aime.

L'esprit m'atire en haut; le corps me tire en bas;
  Pour moi c'est un combat étrange:
  Je voudrois marcher sur vos pas;
Et, malgré moi, mon corps, à ses désirs me range.

Aiez pitié, grand Dieu, de mon malheureux sort;
  Vous connoissez mon extrême foiblesse:
  Tirez moi de ce corps de mort;
  Je l'atends de votre sagesse.

XXXIX.

Je me trouve preſſé des deux côtés : car je déſire
d'être dégagé des liens du corps , & d'être
avec Jeſus-Chriſt.

MOn cœur vole vers vous ; mon corps tient à la
        terre ;
Rompez donc ce lien qui le tient ataché ;
       Puiſque vous ſeul le pouvez faire ;
Contre mon oraiſon ne ſoiez point faché.
       O vous, Seigneur en qui j'eſpére,
       De ma douleur ſoiez touché,
Vous étes mon Seigneur, mon Sauveur & mon Pére.

Je déſire ardemment pour m'unir avec vous
       D'être bien loin de tout le reſte :
       Vous ſavez, mon divin Epoux,
       Combien ce monde je déteſte.

J'y ſuis cependant malgré moi,
       Et j'y demeure en patience :
Votre vouloir ſera toûjours ma loi,
       Je vivrai par obéïſſance.

XL. *Ti-*

Coarctor autem è duobus; desiderium
habens dissolvi et esse cum Christo. Ad Philip. 1.

XL.

f. Smit. fec.

Educ de custodia animam meam de [...]
tendum nomini tuo! Psl 141.

XL

Tirez mon ame de la prison, afin que je benisse votre Nom.

HElas, mon ame est prisonniere!
Tu pourrois, cher Epoux, la tirer de prison:
    Tu n'écoutes pas ma priere,
    J'en suis dans la confusion.

Ah, si par ta bonté tu me tirois de moi,
    Ce seroit un double avantage;
    Car le *moi* n'est qu'un esclavage,
    Qui me rend indigne de toi.

Divin Epoux, doux centre de mon ame,
Ah! c'est contre ce *moi* que sans fin je reclame;
Car c'est là la prison trop fatale à mon cœur:
    L'autre se porte en patience:
    Tirez moi de *moi*, cher Vainqueur,
  Et je vivrai, quoique dans la soufrance,
    Sans me plaindre de mon malheur.

X L I.

Comme le cerf soupire avec ardeur après les sources
d'eau; de même mon ame soupire vers vous,
ô mon Dieu.

LE cerf désire avec bien moins d'ardeur
    Les claires eaux d'une fontaine,
    Que je ne désire, Seigneur,
L'eau que vous prometiez à la Samaritaine.
    Ne me laissez donc plus languir,
Mon alteration est devenue extrême:
    Vous savez combien je vous aime,
Je ne puis diferer ce bonheur sans mourir.

    Donnez moi dans ma soif ces eaux intarissables,
Qui produisent en nous un fleuve plein de paix:
    Vos bontés sont inépuisables,
    Daignez contenter mes souhaits.

    En me desalterant vous me rendrez la vie:
    Ah, prenez pitié de mon sort:
    Puisque je vous suis asservie,
    Venez, ou me donnez la mort.

XLII. *Quand*

J. Smit fec:

Quemadmodum desiderat cervus ad fontes aquarum; ita desiderat anima mea ad te Deus. Psal. 41.

Quando veniam et apparebo ante faciem Dei? Psal. 41.

XLII.

Quand irai-je paroitre devant la face de Dieu?

QUand me ferez-vous cette grace
De m'apeller auprès de vous ?
Quand fera-ce, ô divin Epoux,
Que vous rendrez mon bonheur éficace ?

Quand me ferez vous voir votre aimable vifage ?
Je languis la nuit & le jour :
Si vous acceptez mon amour,
Retirez moi de l'efclavage.

Vous êtes mon fouverain Bien,
Mon bonheur, mon centre, & ma gloire :
Hors vous je ne défire rien ;
Vous avez fur mon cœur une entiere victoire.

Me voulez-vous laiffer longtems languir,
Auteur de ma pudique flame ?
Me voulez-vous laiffer longtems gemir ?
Vous m'atirez, vous enlevez mon ame :
De cet atrait fi fort on feroit trop heureux,
Si l'on pouvoit mourir, & mourir à vos yeux !

Amante trop heureufe, ah que ton fort eft beau !
Quoi, tu te crois infortunée !
Pour affurer ta deftinée
L'Epoux n'auroit qu'à tirer le rideau.

Mais tu ne comprens pas cet augufte miftere :
Si tu favois le trouver par la foi,
Loin d'afpirer à ton heure derniere,
Tu t'abandonnerois au vouloir de ton Roi.

Ce qu'on croit un amour extrême,
Se recourbe encor fur foi-même ;
On veut jouïr de fon Objet :
La réfignation parfaite
Entre les mains de Dieu lui plait dans fon fujet.
Il n'eft point honoré par tout ce qu'on fouhaite :
Le fouhait eft l'éfet de notre volonté ;
Et l'on doit tout remetre à fa pure bonté.

F 2   XLIII. *Qui*

XLIII.

Qui me donnera des aîles comme celles de la colombe ; & je m'envolerai, & trouverai du repos ?

DOnnez moi, mon divin Epoux,
  Comme à la colombe des ailes,
Afin que je vole vers vous,
Que mes amours foient éternelles.

Mon efprit & mon cœur ne font plus fur la terre,
Ils habitent déja le célefte féjour:
Détruifez, ô divin Amour,
Ce corps pefant qui me refferre.

  C'eft lui qui me retient encore,
Mon ame eft déja dans les cieux ;
Ah, faites, Seigneur que j'adore,
Que j'exfpire devant vos yeux !

  Je fuis dans une peine extrême,
Et dans une agitation ;
  Tirez moi, puifque je vous aime,
Et m'apellez vers vous ; ô Seigneur de Sion.

  Là je vous goûterai dans une paix profonde,
Qu'on ne connoît guere ici bas.
  Heureux qui feparé du monde,
S'ocupe nuit & jour de vos divins apas !

XLIV. Sei-

Quis dabit mihi pennas sicut columba,
et volabo et requiescam? Psal. 54.

XLIV.

*Quam dilecta tabernacula tua, Domine vir-
tutum! Concupiscit et deficit anima mea
in atria Domini. Psal. 83.*

XLIV.

Seigneur des armées, que vos tabernacles sont ai-
mables! Mon ame languit & se consume de dé-
sir d'être dans la maison du Seigneur.

QUe votre Tabernacle, Amour, est désirable,
  Dieu toutpuissant, ô Seigneur des vertus !
    Beauté simple autant qu'adorable,
    Vous tenez mes sens suspendus :

    Vous m'enlevez hors de moi-même ;
  Je ne sai plus ce que je suis :
  Plus mon amour devient extrême,
  Et moins je sai ce que je dis.

    Helas ! j'ai perdu la parole ;
  Parlez pour moi, vous, mon souverain Bien :
    Je viens aprendre à votre école,
  Vous m'instruisez en secret de mon Rien.

    Quand je vous cherchois par moi-même,
  Je m'apuiois sur mes éforts ;
  Mais votre Sagesse suprême
En m'aprenant ses merveilleux ressorts
M'aprit aussi comme il faut qu'on vous aime,
Et que je dois modérer mes transports,
Ils sont trop bas pour la grandeur suprême.

XLV.

Fuiez, ô mon Bien-aimé, & foiez femblable à un
chevreuil, & à un fan de cerfs, en vous reti-
rant fur les montagnes des aromates.

QUe vous m'avez apris une haute leçon,
O trop charmant Docteur, que mon ame eft
contente !
Je n'aime plus à ma façon,
J'entre dans les devoirs d'une parfaite Amante.

Je vous voulois pour moi, mais je vous veux pour
vous :
Fuiez, fuiez, mon cher Epoux,
Fuiez, & faites des conquêtes;
Je ne ferai plus de requetes
Que pour vos interets, que pour le pur amour :
Allez, courez toute la terre,
Faites par tout un long féjour
En parcourant l'un & l'autre hemifphere,
Gagnez cent mille cœurs : mon efprit fatisfait
N'aura plus pour moi de fouhait.

Que j'étois foible, helas, croiant ma flame pure !
Tout étoit mélangé d'ordure,
J'étois, en vous aimant, de mon amour la fin ;
Peut-on aimer ainfi le Seigneur fouverain ?

Je vous aime d'une autre forte :
Et, quoique fans empreffement,
Mon amour eft cent fois plus forte;
Elle eft pure, elle eft fimple & fans deguifement.

O mon célefte Epoux, remportez la victoire
Sur tous les cœurs dans ce grand univers;
Je ne penfe qu'à votre gloire :
Et quand je foufrirois mille tourmens divers,

Mon

XLV.

Fuge dilecte mi, et assimilare capreæ, hinnuloq̃,
cervorum super montes aromatum. Cantic. 8.

Mon cœur, mon triste cœur, ne fera plus de plainte,
Il vous aime à présent sans feinte :
Il n'est plus de division :
J'ai trouvé le secret de l'entiere union.

ETRE parfait, indivisible, immense,
Remplissant tout sans ocuper de lieu,
Celui qui pleure votre absence
Ignore que vous êtes DIEU.

CON-

CONCLUSION.

COncluons que la fin de ces tendres foupirs,
  Eft la fin de tous nos défirs.
Que défirer hors vous, mon adorable Maitre?
Les cieux mêmes fans vous, doux Auteur de mon
          être,
Ne pourroient fatisfaire un cœur comme le mien.
  Vous êtes mon unique Bien.
Avec vous les douleurs feront mon avantage,
L'enfer même, l'enfer, fi j'étois près de vous,
  Me feroit un heureux partage,
  Ses tourmens me fembleroient doux.
  Le Ciel & toutes fes délices
  Sans vous me feroient des fuplices.

    Pour mettre ceci dans fon jour,
Difons que tous les lieux lorfque le cœur vous aime,
  Seront pour lui près de vous tout de même:
Il n'eft plus de tourment où régne votre Amour.

    Soiez fi tranquile, ô mon feu,
  Qu'il n'en forte point d'étincelle:
  N'aions plus de foupirs, de crainte, ni de zele,
  Que pour la gloire de mon DIEU.

FIN.

LES
EMBLÉMES
D'OTHON VÆNIUS
SUR
L'AMOUR DIVIN,

qui repreſentent

les Diſpoſitions les plus eſſentielles

de l'interieur Chrétien.

G

PERFIGIT ET SVSTINET.

L'Amour penétre & soutient l'Univers.

AMour, qui par vos traits pénétrez l'Univers,
Qui par le même éfet soutenez votre ouvrage,
Tout vous montre, ô grand Dieu, tout vous rend
 témoignage
Chaque objet vous produit par cent endroits di-
 vers.

(a) Certes l'homme ici bas n'a pas droit de se
 plaindre,
Que vous vous cachez trop à ses foibles regards ;
Vous avez sû par tout si vivement vous peindre,
Que l'œil qui veut s'ouvrir vous voit de toutes
 parts.

Mais de votre grandeur la marque la plus belle,
Et qui ne dépend point du raport de nos yeux,
C'est que quand on vous cherche avec un cœur
 fidelle,
On vous trouve en soi même encor mieux qu'en
 tous lieux.

(a) Ces Vers sont tirés de Mr. de Brebeuf avec un peu de
changement.

O Ver-

O Verbe fait Enfant, ô Parole muette,
O Seigneur fouverain de la terre & des cieux,
Devenez aujourd'hui, par grace, l'interprete
De cette immenſité qui ſe cache à nos yeux.

Je ne voi qu'un Enfant, & c'eſt le Dieu ſu-
prême;
Outrepaſſons les ſens, l'eſprit, & la raiſon:
Découvrons au travers d'une foibleſſe extrême
Le Dominateur de Sion.

Vous cachez vos brillans, vous couvrez vos
grandeurs
Sous les plus foibles aparences,
Afin de gagner tous les cœurs:
Surmontez donc leurs réſiſtances.

Divin

Divin Enfant, qui méritez
Que tout le monde vous adore,
Faut-il qu'après tant de bontés
Aucun ici ne vous implore?

On vit dans l'éternel oubli
De vos faveurs & de vous-même:
Je soufre de voir qu'aujourd'hui
Personne presque ne vous aime.

On veut passer pour généreux
Dans la plus noire ingratitude:
Enfant, les délices des cieux,
Qu'il m'est afligeant, qu'il m'est rude
De ne pouvoir trouver de cœur
Qui soit pénétré de vos flames,
Et dont vous soiez possesseur
Pénétrant le fond de nos ames.

Enfant si charmant & si doux,
Ah, rangez tout sous votre empire!
Puisque mon cœur est tout à vous
Acordez lui ce qu'il désire.

Les

LEs eaux de Siloë, fi calmes & tranquiles,
   Par un afreux malheur,
Se glacerent un jour, & fes lavoirs utiles
En rochers tranfparens changerent leur liqueur.
L'abfence du Soleil fit d'un criftal liquide
   Une glace folide:
Le féjour de la paix étoit rempli d'horreur.
Mais ce divin Soleil par un retour aimable,
   Faifant reffentir fa chaleur,
Rendit à mon efprit un calme délectable
   Et la paix à mon cœur.

E M-

OCVLVS
NON VIDIT,
NEC AVRIS
AVDIVIT.

Deus ante omnia amandus.

EMBLEME I.

Nous devons aimer Dieu sur tout.

NOn, le cœur ne sauroit comprendre
  Les biens que vous lui préparez;
L'œil ne peut voir, l'oreille entendre
Ce dont vous récompenserez.
L'Ame amante qui vous adore:
Mais, o Beauté que l'on ignore,
Le cœur, en ne comprenant pas,
Trouve que son Amour extrême,
Pour tant d'adorables apas
L'invite à sortir de lui-même.

  Il fait que vous êtes un Bien
A qui, Seigneur, tout autre céde,
Puis qu'aussitôt qu'on vous posséde
Le cœur ne demande plus rien.

  Enfin éclairé de la foi
Il sent tout défaillir en soi,
Lumineux en son indigence,
En perdant toute intelligence
Il comprend qu'un Souverain Bien,
Renfermant tout en soi par un bonheur extrême,
  Doit tout rendre heureux par soi-même.
  C'est tout dire en ne disant rien.

H   II. *il*

I I.

Il nous faut commencer.

ENseveli dans la miſére,
   Acablé de mille péchés
Où tous mes ſens ſont atachés,
J'étois près de périr: Mon charitable Pére,
   Touché de tant de maux divers,
   Me tend une main ſecourable,
   Ouvre mes yeux, briſe mes fers.
Pour faire un homme heureux d'un homme miſe-
      rable
Il ne demande rien que mon conſentement:
Mais une fauſſe erreur, qui me flate & m'enchante,
   Me fait préférer mon tourment
  A ſa bonté ſi tendre & ſi touchante.

Ah, que je hais ce cœur, que je le trouve ingrat!
   Seigneur, montrez votre puiſſance,
   Arrachez à ce ſcelerat
Même la liberté de faire réſiſtance.

III. *L'A.*

AMOR DIVINVS

ANIMA

Incipiendum.

Ex Amore adoptio.

III.

L'Adoption vient de l'Amour.

l'AMour me présente à son Pére,
Le Pére me reçoit en faveur de son Fils;
   Le Fils me traite comme frére,
Il partage avec moi le bien qu'il a conquis.

  Heureuse ADOPTION, qui donne l'héritage
    Au vil esclave du Démon,
    Et lui donne droit au partage
De l'unique Héritier de la sainte Sion!

  LE PERE y donne un Fils pour sauver un es-
    clave,
LE FILS lui donne & rend l'esclave racheté,
L'ESPRIT SAINT associe à ce divin conclave
    Le serviteur par LE PÉRE adopté.

  O Mistere d'Amour, qui te pourra comprendre,
Que le TOUT pour le RIEN daigne en terre des-
    cendre,
    Se faire Homme pour qu'il soit Dieu!
Taisez vous, ma Raison, soiez dans le silence,
    C'est ici le tems & le lieu
De ne laisser parler que la Reconnoissance.

IV. L'A-

I V.

L'Amour est droit.

L'Amour sonde le cœur humain,
  Il veut une volonté pure,
Et reconnoit à la droiture
Si l'amour qu'on lui porte est Amour souverain.

  Pour peu qu'il panche vers la terre,
  Pour peu qu'il s'éloigne de lui,
  Qu'il cherche en soi même un apui,
Il ne peut point passer pour un Amant sincere.
  Quand le cœur aime purement,
Vers le divin Objet il tend incessamment :
Le reste lui paroit comme l'éclat du verre,
  Aussi frêle que décevant.

  Il est vrai que du cœur l'Amour seul est le poids ;
  Tel est l'Amour tel est le choix.
Donne, donne à mon cœur, grand Dieu, la recti-
          tude ;
Il sera sans panchant & sans inquiétude ;
  N'envisageant que ta bonté
Son unique panchant sera ta vérité.

V. L'A-

Amor rectus.

Amor æternus.

V.

L'Amour est éternel.

QU'on est heureux en vous aimant,
  Puisqu'on aime éternellement.
Tout ce qui n'est pas vous, & qu'on voit dans le
    monde,
  Est plus inconstant que n'est l'onde.

Les plaisirs d'ici bas n'ont qu'un fard décevant,
Les honneurs & les biens passent comme le vent:
Vous demeurez toûjours, vous êtes immuable,
Tout ce que vous donnez est charmant & durable:
Et lorsqu'un jeune cœur se livre à votre Amour
Vous paiez ses soupirs par un heureux retour.

Cet Amour est exempt de foiblesse & de crainte,
  Il est sincere, il est sans feinte:
Lorsque vous enflamez, vous ressentez les feux;
Quand vous liez mon cœur, je vous tiens dans mes
    nœuds.

Ce réciproque Amour est constant & fidelle,
  Sa chaine est éternelle:
Il est grand, il est saint, il est victorieux,
Et de plus il est seur d'être toûjours heureux.

VI. *L'A-*

V I.

L.°Amour de Dieu eſt le Soleil de l'Ame.

QUe vos raions, cher Epoux de mon cœur,
  Eclairent, pénétrent mon ame :
Soiez mon unique vainqueur,
Que je brûle à jamais de votre douce flame !

Que mon cœur eſt charmé de vos divins atraits !
Que je le trouve heureux d'être ſous votre empire !
  C'eſt un délicieux martire
  Que d'être bleſſé de vos traits.

  Plus vous bleſſez, plus on vous aime ;
  J'adore même la rigueur
  Qui fait que m'ôtant à moi-même,
Vous ne me laiſſez rien de doux ni de flateur.

Plus de NOI ! rien que vous ! que tout objet
    s'éface !
Je me ſens élever par une noble audace :
Tout ce qui n'eſt pas vous, eſt indigne de moi.
  En vous ſeul mon eſpoir ſe fonde ;
  Content de vous avoir pour Roi,
Avec mépris je voi tout le reſte du monde.

VII. L'A-

Sol mentis Amor Dei.

Amoris merces amplissima.

VII.

L'Amour se voit comblé de grande recompense.

JE te l'avois bien dit, Amante fortunée,
    Quel seroit un jour ton bonheur:
    Quelle admirable destinée !
Dieu se donne à celui qui lui donne son cœur:
Tu lui donnes le sien, il se donne lui-même;
Il est ton Créateur, & son Amour extrême
    Le rend ton débiteur.

    O l'admirable recompense !
Si l'on est trop paié d'un jour de sa présence,
    Qu'est-ce qu'être éternellement
Epouse de celui que les Anges revérent,
    En qui tous les hommes espérent,
Et fondent leur bonheur & leur contentement ?

VIII. *L'A-*

VIII.

L'Amour instruit.

ENseigne moi, mon Divin Maître,
  De bien faire ta volonté :
Eternellement je veux être
Docile aux loix que préscrit ta bonté.

  Cette doctrine incomparable
N'a rien que de sacré, n'a rien que de divin ;
  Que mon cœur ainsi qu'une table
En soit gravé de ta divine main !

  Cette loi nous aprend à quiter toute chose,
    Pour suivre son Légiflateur.
Les préceptes facrés que l'Amour nous propose
Sont folides, font doux, & n'ont rien de flateur.

    Qui les fuit y trouve la vie,
    Qui les fuit rencontre la mort :
Qui les fuit par Amour, éprouve que fon fort
      Devient digne d'envie ;
    Puifque ce Maitre tout divin
Pour prix donne un bonheur qui n'a jamais de fin.

IX. *L'A-*

Amor docet.

Amor thesaurus carissimus.

IX.

L'Amour est un tréfor très-cher & pretieux.

Où l'on met fon trefor on met auffi fon cœur :
  Si ton trefor eft Dieu, Dieu feul eft ta richeffe ;
C'eft là qu'on goute un affuré bonheur,
    Poffédant la vraie fageffe.

      Le monde a des apas trompeurs,
Qui chatouillent l'efprit, mais le laiffent tout vuide :
    L'Amour divin a des faveurs,
Dont la douceur eft charmante & folide.

Le monde nous promet, & ne nous donne rien :
    JESUS nous donne toutes chofes ;
  On trouve en lui le véritable bien,
    Le monde a plus d'épines que de rofes.
Vous ferez, ô mon Dieu, mon trefor pretieux,
A tout autre qu'à vous je veux fermer les yeux.

X.

L'Amour est pur.

QUi de l'Amour divin connoit la pureté
   Evite le péché, fuit la moindre souillure,
     Ne cherche que la vérité,
Tout ce qui n'est pas Dieu lui paroit imposture.
Regarde en ce miroir la pure charité,
     C'en est la fidelle peinture :
   La moindre tache en ternit la beauté.

     Un soufle empêche que l'image
    Ne s'y voie parfaitement :
Lorsque du pur Amour on fait un saint usage,
On voit tous les objets tels qu'ils sont seurement.

  On ne voit rien en Dieu qui ne soit Dieu lui-
      même ;
On cesse de se voir, par un bonheur extrême :
   Tout disparoit, il ne reste que Dieu,
    Dieu par tout, Dieu tout, en tout lieu.

    Qui le voit toûjours de la sorte
   N'a plus d'yeux que ceux de la foi :
Son Amour est tout pur, son Espérance est forte ;
   Alors sa Charité le porte
    Dans le sein de son Roi.

XI. *Dans*

Amor purus

i

In unitate perfectio.

XI.

Dans l'Unité se trouve le parfait.

L'Amour sacré ne soufre aucun partage,
Il est simple ; il est Vérité ;
Lui seul a l'avantage
De tout reduire à l'unité.

En Dieu toutes choses sont unes ;
Il n'est rien hors de lui que la division,
Que troubles, qu'infortunes ;
Le calme & le bonheur ne sont qu'en l'Union.

Jesus la demanda pour les siens à son Pere ;
C'est ce calme divin qu'il donne à ses amis.
Admirable Unité, l'Unique necessaire !
C'est toi qui rends en Dieu tous les cœurs afermis ;
C'est toi qui rends douces les peines,
Qui rends légers les plus rudes travaux :
Tu romps de tes captifs les chaines,
Et tu leur fais trouver du plaisir dans leurs maux.

XII. *L'A*

X I I.

L'Amour a fes divins combats.

QU'eft-ce qui paroit à mes yeux ?
S'agit-il de la terre, ou s'agit-il des cieux ?
Qui remportera la victoire ?
Le vainqueur aura-t'il la gloire ?
Je ne fai que penfer de ce nouveau combat,
Quel eft le Capitaine, & quel eft le foldat ?

Si je pouvois entrer dans ce duel célébre,
Je mettrois mon bonheur dans ma captivité.
Ce divin Conquérant n'a-t'il pas mérité
Qu'en tous lieux fa gloire on célébre ?
Mais fi je demeure vainqueur,
Il devient mon captif & je gagne fon cœur ;
En perdant contre lui, je gagne la victoire :
Ou vainqueur, ou vaincu, il a toute la gloire.

XIII. L'A.

Pia Amoris Lucta.

Sit in Amore reciprocatio.

XIII.

L'Amour aime le reciproque.

QU'aperçois-je? L'Amour, qui bleffe fon Amante,
  Et qui fe laiffe auffi bleffer d'elle à fon tour!
Le cœur percé de traits & la face riante,
      Elle paroit contente,
Et prend de nouveaux traits pour porter à l'Amour.

        Si ces coups font mortels
        Que la mort eft aimable!
        Et s'ils ne font pas tels,
        Qu'il feroit défirable
        De recevoir des coups
        Si charmants & fi doux!

Amour, fai-moi fouvent de pareilles bleffures:
    Les coups qui partent de ta main,
    Malgré mes peines les plus dures,
    Sont pour mon cœur un baume fouverain.

XIV.

La vertu n'eſt que de l'Amour la marque.

DE toutes les vertus l'Amour en eſt la ſource,
Il les fait naître dans nos cœurs
Ainſi que le Soleil fait naître mille fleurs
Dans ſa brillante courſe.

Le feu du ſaint Amour par ſa douce chaleur
Produit en nous la force & la prudence,
La juſtice & la temperance,
La chaſteté, l'humble douceur :

La charité, qui les vertus couronne,
En eſt auſſi le fondement :
Si tu les veux avoir, aime ſincérement,
Puiſque c'eſt l'AMOUR qui les donne.

XV. *C'eſt*

Virtus Character Amoris

Consensio voluntatum.

X V.

C'est de deux volontés le concours unanime.

QUe nous aurions de force & de puiſſance
Si loin de partager ſans ſuccès nos déſirs,
 Une ſincere obéïſſance
 Faiſoit nos innocens plaiſirs !

 Quand on vit ſous la dépendance
 De la ſuprême volonté,
 On trouve une promte aſſiſtance
 Dans le ſoin que prend ſa Bonté.

Le fardeau plus peſant devient charge légére
 Aſſuré d'un pareil ſecours ;
  Loin de trainer ſes jours
  Dans la triſte miſére,
On trouve même au milieu des tourmens
  De doux contentemens.

L'Amour parfait ne compte pas pour peine
  Ce qu'il fait pour ſon Roi ;
 Et ſa volonté ſouveraine
  En tout tems eſt ſa loi :
 Rien ne le fatigue ou le gêne,
Tout céde à cet Amour, & tout céde à ſa Foi.

XVI. C'eſt

XVI.

C'est en haut qu'il regarde.

L'Amour parfait ainſi que cette fleur
Se tourne inceſſamment vers la Beauté ſuprême :
Sans que jamais il ſe voie ſoi-même ,
Il ne voit que DIEU SEUL qui poſſéde ſon cœur.

Cette fleur du Soleil ſans ceſſe ſuit le cours ,
De même cette ame docile
Le vouloir divin ſuit toûjours ;
Il eſt ſa force & ſon aſile :

Jamais on ne la voit vers nul autre côté
Se tourner , arréter la vue :
Cette ame eſt tous les jours tendue
Vers la céleſte vérité.

DIEU SEUL fait ſon plaiſir , DIEU SEUL fait la
richeſſe ,
Tout ce qui n'eſt pas lui ne la ſauroit toucher :
Je voi bien que ſans trop chercher
Elle a trouvé la ſolide Sageſſe.

Superna respicit.

XVII.

L. Smit fec.

Crescit in immensum.

XVII.

Il s'acroit sans mesure.

LOrsque le cœur comme une glace pure
Reçoit l'impression de ce divin Soleil,
Son feu croît sans mesure;
Et ce feu sans pareil
Est plein d'une douceur charmante
Qui brule en paix sans causer de douleur:
L'ame est gaie & contente
Bien qu'au milieu de sa plus grande ardeur.

Divin Amour, ô que ta douce flame,
Consume ainsi mon ame!
N'épargne point mon cœur:
Reduis le tout en cendre,
Est-il rien de plus tendre
Que ta sainte rigueur?

Tu viens me nettoier de ce qui t'est contraire,
Tu m'embellis, tu me combles de paix,
Tu me mets en état de pouvoir desormais
Parfaitement te plaire:
O bonheur infini de l'Amour souverain!
Fai donc que dans mon cœur tes feux croissent sans
fin.

K   **XVIII.** *Pré-*

XVIII.

Préférable à l'amour & de père & de mère.

Qui ne quite pour moi
Ce qu'il a de plus cher, & même Pere & Mere,
Jamais ne me peut plaire,
Ni me donner des preuves de sa foi,
Mais celui qui pour mon Amour
Toute chose abandonne,
Mérite la couronne,
De l'éternel séjour.

Si je tiens encore à la terre,
Amis, biens & Parens, helas, ce triple nœud
M'acable de misere
Et me rend indigne de Dieu.
Mais si je laisse toute chose
Pour suivre mon Jesus & mourir sur la Croix,
Qu'il soit & la fin & la cause
De ce si juste choix,
Il couronne ses dons couronnant nos mérites
D'un bonheur si parfait qu'il n'a point de limites.

XIX. L'A-

XVIII.

Pietate in parentes potior.

k

XIX.

J. Smit. fec.

Amor vinculum perfectionis.

XIX.

L'Amour est le lien de la perfection.

QUe ces nœuds sont charmans & qu'ils sont pré-
cieux !
Qu'ils sont dignes d'envie !
Par eux l'ame se voit unie
Au Seigneur Souverain de la terre & des cieux.

Sacré nœud, dont l'Amour s'unit à son Amante,
Par un excès de charité !
Il la rend dans le tems déja participante
Du bonheur de l'Eternité.

Que cette chaine est belle
Puisqu'elle est éternelle !
Laissons nous donc lier de ces charmans liens,
Puisqu'ils sont immuables,
Puisqu'ils sont tout-divins.

Ils sont tout-désirables
Ces nœuds sacrés & doux
De mon Divin Epoux.
O qu'ils sont préférables
A tout ce que le monde a de biens & d'apas !
Que je les trouve aimables !
Le rigoureux trépas
Ne dissout, ne rompt pas
Ces nœuds bien que si tendres,
Puisque le feu sacré brûle encor sous nos cendres.

X X.

Il est vainqueur de la nature.

JE ne crains la nature
        Quelque mal que j'endure,
Puisque l'Amour sacré veut être mon apui :
        Seurement avec lui
        J'emporte la victoire ;
Mais s'il en a lui seul toute la gloire,
        Il couronne ma foi,
        Et partage avec moi
        Le fruit de ses conquêtes ;
        Nous faisons mille fêtes,
        Et ce charmant vainqueur,
Pour prix de tant de biens ne veut que notre cœur.

Prenez le, cher Amour, ô prenez-le vous-même,
        Commandez qu'il vous aime.
    · Quoi ! faut-il un commandement
        Pour aimer ce Vainqueur charmant ?

        Ah, que le malheur est extrême
    De ne vous point aimer ! Helas !
    Peut-on bien vivre, & n'être pas
    Tout transporté hors de soi même,
    Voiant qu'un Vainqueur si charmant
Nous donne de l'aimer l'exprès commandement ?

XX.

Naturam vincit.

J. Smit fec:

A malè tuetur.

X X I.

Il nous garde de mal.

NOn, non, je ne crains plus ni les vents, ni l'o-
rage,
Protégé de l'Amour divin
Je me sens un nouveau courage :
Ah , que pourrois-je craindre ? il me tient par la
main.
Il me sert de rempart : je vis en assurance
Entouré d'ennemis puissans ;
Avec une telle assistance
Au milieu du danger je voi calmer mes sens.

J'entens gronder les flots : je vois tomber la fou-
dre ;
Je vois à mes cotés tout se reduire en poudre :
Qu'ai-je à craindre pour moi ?
Je demeure en repos sous l'ombre de son aile,
Son Amour me remplit & de force & de zele.
Pour tant de soins il ne veut que ma foi ;
A lui je m'abandonne :
Sans plus penser à moi, tout ce moi je lui donne.

XXII.

Il ensemence & rend l'Esprit second.

O Pure & sainte Charité,
　'Tu jettes la bonne semence
Qui par la divine espérance
Porte son fruit jusqu'en l'Eternité !

　Heureux qui seme dans les larmes !
Que ses travaux sont prétieux !
Puisque pour de foibles alarmes,
Il se verra couronné dans les cieux.

　Ici l'on seme avec douleur,
On recueille là dans la joie
Le centuple de son labeur;
Et le Divin Amour octroie
　　A tous ceux qui sont siens
　　Mille honneurs, mille biens
　　Pour des peines legéres,
　　Pour un peu de miséres
　　Un assuré bonheur.
　　Qu'heureux donc est le cœur
　　Que l'Amour pur enflame !
　　Cette noble & belle ame
　　En tout tems, en tout lieu
　　Ne vit plus qu'en son Dieu.

　　O quelle est l'abondance
　　Que du ciel la semence
　　Lui produit en son sein !
　　L'Amour pur & divin
　　L'arrose & la fait croitre;
Même déja dans ce mortel séjour
　　On voit par tout paroitre
　　Les fruits du saint Amour.

XXIII. *Il*

In Spiritu seminat.

XXIII.

J. Smit fect.

Gravata respuit.

XXIII.

Il dédaigne les cœurs qui sont apésantis.

AH, n'écoutons jamais ce que la chair inspire !
  N'écoutons que JESUS qui parle à notre cœur :
    Heureux qui vit sous son empire !
Les plaisirs d'ici bas n'ont rien que de trompeur :
    Qui les suit, suit un séducteur.

  La grace de JESUS en donne de solides ;
    Les vertus nous servent de guides ;
      Amour divin, quand tu conduis nos pas
      L'on ne s'égare pas.

  Qu'on trouve en te suivant d'innocentes délices,
Et qu'en suivant la chair on trouve de suplices !
Feu sacré, brûle moi par ta céleste ardeur,
Purifie en brûlant les taches de mon cœur ;
      Qu'il ne reste aucune souillure,
Que je porte en ton sein une ame toute pure.

XXIV. *ll*

XXIV.

Il rend très-liberal.

QU'il est doux de donner quand on reçoit sans
cesse !
Plus je donne, & plus on me presse
De recevoir des dons nouveaux.
Que vos richesses sont immenses,
Amour divin, puisqu'à des dons si beaux
Vous y joignez même des recompenses !

Vous paiez de vos dons, Seigneur, les interêts,
Vous couronnez vos biens couronnant mon mérite :
Si je vous sers, si je vous plais,
Si de mes devoirs je m'aquite,
N'est-ce pas de vous seul que je tiens vos bienfaits ?

Cependant, ô Bonté suprême,
Comme si c'étoit à moi-même
Que vous dûssiez quelque retour ;
Vous me comblez d'une faveur immense ;
Je suis hors de moi quand je pense
Au grand excès de votre Amour.

XXV. *L'In-*

XXIV.

Facit munificum.

I.Smit fecit

Amoris umbra invidia.

X X V.

L'Envie est l'ombre de l'Amour.

JE vous aime, ô mon Dieu, cent fois plus que ma
        vie,
    Et je veux toûjours vous aimer:
Je voi fondre sur moi tous les traits de l'envie,
Mais votre douce main les fait bien desarmer,

  Quand votre feu divin s'empara de mon cœur,
Quand je sentis brûler sa savoureuse flame,
      Qui consume mon ame,
J'aperçûs aussitôt la jalouse fureur
    Me suivre ainsi que l'ombre suit les feux,
    Et par tout je la voi paroitre:
    Elle se fait soudain connoitre
    Et en tout tems, & en tous lieux.

  Sitôt que l'Amour pur veut nous servir de guide,
    Dès le moment qu'il commande chez nous,
      La jalouse homicide
      Nous fait sentir ses coups.

  Mais quelque mal que sa fureur me fasse,
     Mon JESUS, votre grace
     Sera mon seul soutien,
     Je n'aprehende rien:
Vous étes mon apui, vos feux sont mes délices,
    Ah, peut-on acheter ce bien
    Par trop de sacrifices?

XXVI.

Rien ne pese à celui qui aime.

QUand on aime son Dieu d'un amour véritable,
Les plus rudes travaux nous paroissent légers.
Que le joug du Seigneur est un joug délectable !
Pour lui plaire on ne craint ni tourmens ni dangers.

L'Amour parfait ne peut craindre la peine ;
Qui la craint, aime foiblement :
Qui craint le joug, qui redoute la chaine,
N'est pas un véritable Amant.
Soufrir pour ce qu'on aime
Est un plaisir charmant
Quand l'Amour est extrême.

Amour, Amour ta divine rigueur
N'a rien que de bon, que d'aimable :
Qu'il est vrai qu'un bon cœur
La trouve préférable
A toute autre douceur !

Travaux doux & plaisans !
Délicieuse charge
Mettant mon ame au large,
Que tu plais à mon cœur quoique contraire au sens !
Ah, fai que mon martire
Ne finisse jamais, Amour, que je n'expire !

XXVII. *Le*

Nihil amanti grave.

XXVII.

I. Smit fec.

Ab uno. Amore multa bona.

XXVII.

Le seul Amour est source de tous biens.

DAns l'union d'Amour on trouve tous les biens,
 Elle communique la vie:
   C'est dans ses doux liens
   Où l'ame est asservie,
   Que ces heureux Amans
  Goutent mille contentemens.

 De toutes les vertus l'Amour pur les couronne;
  Loin d'être chargés de ce poids,
Ils se trouvent chargés des faveurs qu'il leur donne
  Et soulagés tout à la fois.
   O divin assemblage,
   O Bonheur sans pareil!
   Cher & doux esclavage,
   Agréable apareil!

 Quoiqu'il paroisse ici des croix & des soufrances,
Tout est rempli de paix, de plaisirs innocens:
Ne nous arrêtons pas aux seules aparences,
  Mais pénetrons jusqu'au dedans.
  Voiez, que cette ame est contente!
 On aperçoit aisément dans ses yeux
   Que toute son atente
   Est déja dans les cieux;
 Qu'elle ne voit que de vraies délices
Dans ce que les mondains apellent des suplices.

 Amour, Amour, donne moi ces faveurs,
Je préfére la croix à toutes les douceurs.

XXVIII.

Les coups de l'Amour font bien doux.

AMour, que dois-je faire ?
   Je vous vois en colere :
Ah, que je crains, Amour, votre courroux.
C'eſt lui que j'apréhende, helas, non pas vos coups.
   Vos froideurs, vos longues abſences
Ont plus de dureté que toutes vos vengeances.

   Frapez, déchirez moi , mais ne vous fâchez pas :
J'aime mon chatiment, je cheris mon ſuplice ;
J'adore vos rigueurs, & trouve mille apas
     Même en votre juſtice,
     Je la ſuis pas à pas.

    Toûjours pour vous contre moi-même
Je ſeconde vos coups de mon amour extrême,
     Et les trouve charmans :
Ne m'épargnez donc pas, mon adorable Pére,
Faites tomber ſur moi les plus rudes tourmens :
    Si vous n'étes pas en colére,
    J'en ferai mes contentemens :

  Mais ſi vous vous fâchez, je ne ſaurois plus vivre :
    Aſſemblez plutôt tous vos feux,
    Rendez moi le plus malheureux,
    Mais permettez moi de vous ſuivre.

XXIX. *La*

XXVIII.

Amoris ſlabellum dulce.

Una in sede morantur Pax & amor.

XXIX.

La Paix & l'Amour vont ensemble.

LE calme & la tranquilité
Acompagnent toûjours l'Amour pur & sincere;
La douce paix est nécessaire
Pour discerner en nous la sainte Charité:
Le trouble, le chagrin jamais ne l'acompagne
Dans la ville ou dans la campagne:
Dans les plaisirs ou bien dans la douleur
L'égalité fait son bonheur:
La paix la suit, la paix fait ses délices
Au milieu même des suplices.

Vous l'aviez bien promis, ô mon divin Epoux,
Cette paix qui ne peut procéder que de vous;
Cette paix qui tout bien surpasse,
Que produit en nous votre grace,
Que le monde ne peut donner,
Paix que même il ignore:
O mon grand Dieu, que j'aime & que j'adore,
Je veux de tout mon cœur à vous m'abandonner.

Que votre paix soit ma richesse,
Mon azile & ma forteresse:
Elle possède un cœur quand vous le remplissez.
ELLE EST; VOUS L'TES:
Taisons-nous, c'est assez.
Goute la paix, mon cœur; langues soiez muëttes;
Et ne parlons jamais
De cette heureuse Paix!

XXX.

L'Efpoir nourrit une Ame amante.

l'ESpérance fert d'ali-
   ment
Au véritable Amant
Dans les travaux que l'on
  endure :
 La Charité pure,
 La fincere Foi
Sont la fainte loi
Qui régle la vie.
L'ame en Dieu ravie
Ne trouve plus rien
Que l'unique Bien.
Lui feul la contente
Et fait fon plaifir
Une paix touchante
Comble fon défir.

 Heureufe Efpérance
Que rien ne déçoit !
Puifque par avance
Ici l'on reçoit
Dans la ferme atente
Du bonheur promis
Une ame conftante,
Un efprit foumis,
Un amour fervent,
Une foi non feinte,

Un contentement
Pur & fans ateinte.

 Avec grand courage
Ce cœur généreux
Voit fondre l'orage :
Les flots écumeux
Font voir le naufrage
Peint devant les yeux.
Le cœur inflexible
N'en eft point touché :
Il n'eft plus fenfible,
Son œil eft bouché
Pour toute autre chofe
Que pour fon Seigneur :
L'ame fe repofe
Dans fon facré cœur.

 Admirable Amante,
Que tu vis contente
Malgré les dangers !
Tes maux font légers,
Ton bien eft immenfe,
Ton cœur fans fouci.
Qui fait tout ceci ?
C'eft ton Efpérance.

XXXI. L'A-

XXX.

l. Smit fec:

Animæ spes optima nutrix.

XXXI.

Edit moras.

XXXI.

L'Amour hait les lenteurs.

l'AMour divin hait toute nonchalance,
 Sitôt qu'il s'empare d'un cœur
 Il donne une sainte vigueur
 Opofée à la négligence.

Sitôt qu'on aime bien, on devient diligent,
 L'Amour rend toûjours l'ame alerte;
 On veille, on prie, on eft fervent,
Ce qui n'eft pas pour Dieu nous paroit une perte:
On ne fe plaint jamais quoi qu'il faille foufrir,
On fe croit trop paié des plus rudes foufrances,
 Quand même il en faudroit mourir;
L'Amour renferme en foi toutes les recompenfes.

 Que l'Amour pur eft diferent
 De la lenteur de l'indolence!
L'Amant fidéle avance avec empreffement
 Où le conduit la Providence:
Toûjours prêt à partir, toûjours content de tout,
 Quoi qu'il arrive; & quoi qu'il entreprenne,
 Il en vient feurement à bout,
 Aidé d'une Main fouveraine

 Lorfque JESUS conduit nos pas,
Qui ne courroit, qui ne voleroit pas?
 On ne craint point les précipices;
De fon travail, on en fait fes délices;
 Enfin, l'on court inceffamment,
Puis le repos dure éternellement.

XXXII. L'A-

XXXII.

L'Amour redreſſe toutes choſes.

QUelques defauts qu'ait eu notre conduite,
    l'Amour fait tout redreſſer & regler :
        Jamais rien ne peut égaler,
Le bien d'une ame pure & par l'Amour inſtruite.

    Le menſonge & l'erreur n'acompagnent jamais
        Un cœur que la **Charité** guide ;
          La droiture & la paix,
          l'Humilité ſolide,
Empêchent les détours, fruits de la vanité ;
        La candeur, la ſincerité,
      La bonne foi, la joie & l'innocence,
        Sont la ſaine ſcience
    Que l'Amour pur enſeigne à ſes Amans :
,, Si vous n'étes, dit-il, ainſi que des Enfans,
      ,, Vous ne ſauriez me plaire :
,, Ils ſavent me loüer, m'aimer, me ſatisfaire,
      ,, Je me plais dans leur cœur,
      ,, Et je fais leur bonheur.

    ,, Ce n'eſt point aux Sages du monde
    ,, Que je revéle mes ſecrets :
,, C'eſt des petits Enfans l'humilité profonde
    ,, Qui pénétre mes ſaints décrets.

    Que la petiteſſe eſt aimable !
    Qu'elle a de douceurs & d'atraits !
    Que la fineſſe eſt haïſſable !
On ne voit que détours, labirintes, filets.
Celui qui trompe mieux, paſſe pour le plus ſage ;
Qui ſait ſur ſon prochain prendre plus d'avantage
Paſſe pour être adroit, plein d'eſprit, très-heureux.
Qui ſont les plus contens, ou des enfans, ou d'eux ?

I. Smit.

                XXXIII. *N*

XXXII.

L. Smit fec.

Amor omnia rectificat.

XXXIII.

Sternit iter Deo.

XXXIII.

Il prepare la voie à Dieu.

JEsus est le chemin, la Vérité, la Vie;
Qui le suit a trouvé le sentier, & le lieu
Qui malgré les Démons & leur mortelle envie,
Nous mene seurement & nous conduit à Dieu.

Celui qui suit Jesus marche dans sa lumiere,
Il lui sert de flambeau dans la plus noire nuit,
Il fait même à son cœur toute la grace entiere
Puisqu'en le conduisant il l'assure & l'instruit.

Quoique ce beau sentier paroisse plein d'épines
Il est pourtant facile, & tout rempli de fleurs:
Qu'il est doux de marcher dans les routes divines!
Notre cœur, notre esprit, sont des guides trompeurs.

O mon Jesus, sans vous je ne saurois vous suivre;
Donnez moi donc la main & conduisez mes pas:
Votre divine main des piéges nous délivre:
Avec un tel apui je ne tremblerai pas.

Je ne crains, vous suivant, abimes, précipices:
Je voudrois vous marquer l'excès de mon Amour,
En endurant pour vous les plus afreux suplices
Je perdrois sans chagrin la lumiere du jour.

XXXIV.

Tout doit rentrer dans sa premiere source.

QUe votre liberalité,
Amour, est magnifique & grande ;
Sa noble & belle qualité
Est de vouloir qu'on vous demande !
Mais lorsque vous donnez , vous voulez un retour :
Permettez moi ce mot, divin Amour,
C'est qu'un peu d'interêt, ce semble, vous anime ;
Vous donnez les vertus, vous en voulez les fruits :
Mais vous pourroit-on bien les refuser sans crime,
Puis que par votre Amour vous les avez produits ?

La vertu sans l'Amour est un arbre stérile ;
L'Amour rend tout fertile :
Tout feu qu'il est , il difere en ce point
De celui qu'on voit dans le monde ,
Dont la chaleur bien loin d'être féconde
Détruit, consume tout, & ne reproduit point.
Le feu sacré dans notre cœur
Donne naissance
A la bonne semence ,
La fait croitre & meurir par sa céleste ardeur.

O feu divin , qui produis toute chose ,
Foi, qui donnes à tout une juste valeur ,
Tu n'es pas moins la fin que l'admirable cause
De l'éternel bonheur.
Quelle espérance ,
Quelle abondance ,
Quelle douceur !
Chastes délices ,
Heureux suplices ,
O saint Amour
Quel sera l'éternel séjour !

XXXV. *Il*

XXXIV.

J. Smit fec.

Omnia eo unde.

XXXV.

I. Smit fec.

Constans est.

XXXV.

Il est ferme & constant.

Amour, auprès de toi les plus rudes tourmens
  Passent pour des contentemens ;
Les tortures, les feux, éprouvent ma constance :
      Soutenu de ton bras puissant,
          Cette unique assistance,
Ce bonheur infini de te voir si présent,
M'ôtent le sentiment des plus affreuses peines ;
      Les bourreaux armés de leurs gênes
      Ont beaucoup plus que moi d'horreur
      De mon excessive douleur.

          Amour, source de mes délices,
Ne m'abandonne pas au milieu des suplices :
      Si tu m'abandonnois, helas !
      Amour, que ne craindrois-je pas ?
      Soutenu de ta main puissante
      Qu'il est aisé que l'ame soit constante !

  Ah, je serois bientôt acablé de fraieur,
O que je serois foible & que j'aurois de peur
Si tu m'abandonnois un moment à moi-même !
Lorsque tu me soutiens par ta grace suprême,
Je ne me connois plus, je suis victorieux
      De ces ennemis furieux :
      Si je sucombe en aparence,
C'est pour faire éclater à leurs yeux ta puissance.

XXXVI.

L'Amour édifie & construit.

O Que l'Amour divin eſt un bon Architecte !
Il bâtit dans nos cœurs un aimable ſéjour,
    Conſacré pour l'Amour.
C'eſt là que l'on le ſert, qu'on l'aime & le reſpecte.

   C'eſt dans le fond du cœur que Dieu fait ſa de-
      meure,
Il bâtit, il la fonde, il l'orne, il l'embellit,
     Il y vient à toute heure,
   Il taille, il retranche, il polit.

   Il n'épargne ni ſoin ni peine :
O que l'homme eſt heureux lorſque d'un œil de foi,
Il contemple en repos la Bonté ſouveraine,
Qu'il meurt parfaitement pour vivre au divin Roi !
Ranimé par le même il voit jaillir dans ſoi
L'eau vive, & découverte à la Samaritaine.
     Oui l'homme intérieur
     Trouve alors dans ſon cœur
     Cette vive fontaine :
     C'eſt là qu'en vérité
     Il adore le Pere ;
Et déja ſon eſprit, mis dans l'Eternité,
     Ne tient plus à la terre.

   Faites donc, ô mon Dieu, de mon cœur votre
     temple :
   Alors, malgré tout orage & tout bruit,
    J'aurai le calme de la nuit,
Et rien n'empêchera que je ne vous contemple.

XXXVI.

I. Smit fec.

Amor ædificat.

XXXVII.

I. Smit fe.

Iucundum spirat odorem.

XXXVII.

Il répand une odeur charmante.

ATirez moi, mon Dieu, mon unique espérance,
Par vos parfums si précieux.
Déja je me sentois tomber en défaillance,
Mais ce baume délicieux,
Fortifiant mon cœur lu donne le courage
De courir après vous, d'y courir en tous lieux :
Je ne désire point d'avoir autre partage
Sur la terre ni dans les cieux.

Retirez vous douceurs, plaisirs, faveurs, caresses ;
O Dieu, c'est vous seul que je veux,
Vous étes tout mon bien, ma force, mes richesses,
Vous seul pouvez me rendre heureux.

Je sens que ce parfum est d'une force extrême,
J'en sai bien discerner l'odeur :
Mais, ô divin Epoux que j'adore & que j'aime,
Vous seul sufisez à mon cœur.

Vous quiter un moment pour goûter vos délices
Et les regarder hors de vous,
Ce me seroit de rigoureux suplices,
Tout est amer pour moi, vous seul paroissez doux,
Vous seul me paroissez aimable,
Vous seul comblez tous mes désirs.
Est-il sans vous quelque objet délectable ?
En vous sont renfermés les solides plaisirs.

Puisque vous sufisez, mon Seigneur, à vous-même,
A qui ne sufiriez vous pas ?
Vous mêlez vos bontés à la grandeur suprême :
Pour qui manqueriez vous d'apas ?

M 3 XXXVIII.

XXXVIII.

Avec l'Amour on est en asseurance.

QUe je me ris de votre éfort !
　　Je n'apréhende point la mort,
Près de mon Bien-aimé je suis en assurance :
　Vous ne sauriez me mettre en défiance :
Aprochez, aprochez vos chaines & vos fers,
Je n'ai que du mépris pour vos tourmens divers.

　Lorsque l'Amour divin s'empare de nôtre ame,
Et qu'il lui fait sentir sa savoureuse flame,
Qui consume chez nous toute proprieté,
Dégagé de ce M O I l'on vit en liberté,
Les chaines, les prisons, ne sauroïent faire craindre :
　　Le glaive ne peut nous ateindre :

　Pourrois-je m'éfraier de l'horreur du trépas ?
La mort a pour mon cœur mille secrets apas :
Elle peut bien m'oter une fragile vie ;
D'un souverain bonheur cette perte est suivie,
Puisque je dois tomber très infailliblement
　　　Entre les bras de mon Amant.
　　Ah, craint-on de voir ce qu'on aime ?
　　Quoi qu'il coute, l'Amour extrême
　　　Trouve tout prix trop bas
Pour jouïr à jamais de ses divins apas.

　Lorsque la Charité de notre cœur s'empare,
La faim, la nudité, rien ne nous en sépare,
La mort, même l'enfer, la persécution,
Ne sauroïent empécher cette sainte union.

XXXIX. *il*

J. Smit fec.

Amoris securitas.

XXXIX.

Sitim extinguit.

XXXIX.

Il étanche la soif du cœur.

DElices de l'efprit, vous étes préférables
    Aux faux plaifirs des fens,
    Ils ne font qu'aparents,
    Vous étes véritables;
Vous avez le folide, ils font tous décevans.

    Divine verité, que tout le monde ignore,
Vous rempliffez mon cœur d'une célefle ardeur:
Source de tous mes biens, cher Epoux que j'adore,
Vos falutaires eaux coulent dedans mon cœur.

    Que ce fleuve facré rejailliffe en mon ame;
Que ces faillantes eaux de la Divinité
Eteignent pour jamais en moi toute autre flame
Que celle de l'amour de votre Vérité.

    Cette eau toute célefle a l'infigne avantage
D'éteindre dans nos cœurs toutes fortes de feux;
Mais celui de l'Amour en brûle davantage,
L'eau le rend plus ardent, plus pur, plus lumineux.

    Donnez moi de cette eau qui conferve la vie;
Mais que fon éfet foit de me caufer la mort:
Les liens de ce corps me tenant affervie
M'empéchent de vous joindre & de prendre l'effort.

    Mon ame eft encor plus que mon corps, prifon-
        niere:
Vous pouvez, mon Seigneur, rompre feul fes liens.
Ah, faites retourner mon corps en la pouffiere,
Donnez à mon efprit les véritables biens!

XL. Qui

X L.

Qui veut aimer n'est plus libre à sa mode.

QUe j'aime votre joug, qu'il est doux & suave ;
    Que je le craignois vainement !
Je suis libre loin d'être esclave,
    Quand je le porte en vous aimant.

    Que mon ame est heureuse, étant votre captive !
    J'ai trouve là ma liberté.
    Faites donc, Amour, que je vive
Dans l'humble dépendance à votre volonté.

    Heureux joug qui bien loin de captiver mon amé,
    Cause un vaste délicieux,
Que tu t'acordes bien avec la douce flame
Que je garde en mon cœur comme un don précieux !

    Le monde qui ne voit que l'aparente charge
    Dont à ses yeux je suis comme acablé,
Me croit tres-malheureux : mais mon cœur est au
    large ;
Loin d'être esclave il est de délices comblé.

        Non, le monde ne comprend guere
Malgré tant de travaux le bonheur du dedans ;
    N'estimant que ce qui prospere,
Les honneurs, les plaisirs, ce qui flate les sens.

    Les enfans de JESUS ont bien plus de sagesse ;
    N'estimant rien, ne goûtant que la croix :
    Ah, que leur goût a de délicatesse,
    De savoir faire un si bon choix !

Je vous céde, mondains, les honneurs, les délices ;
J'aime tous mes travaux, ma chaine, ma prison :
Quand même il me faudroit soufrir tous les suplices,
Je trouverois encor que j'ai grande raison :
        Disons sans artifice,
Que qui connoit l'Amour & sa juste valeur,
    Et qui sait lui rendre justice,
    Aprouvera le panchant de mon cœur.

XLI. *L'Uni-*

XL

I. Smit fec.

Nullus liber erit si quis amare volet.

XLI.

Micat inter omnes Amor Virtutes.

XLI.

L'Unique Amour brille entre les vertus.

AMour, divin Amour, qui comprens en toi-même
De toutes les vertus l'excellence suprême,
Source de la justice & soutien de la foi,
Tout ce que l'on espére est renfermé chez toi.

Sans toi la penitence est une hipocrisie,
La prudence & la force une pure manie ;
Sans toi, divin Amour, croix, martires, tourmens,
Seroient de vains amusemens.

C'est donc l'Amour sacré qui régle toute chose ;
Il est le but qu'on nous propose,
Il donne à tous les biens le prix & la valeur,
Tout seroit languissant sans sa noble vigueur.
Il fait voler au ciel ce qui rampoit sur terre,
Il aporte en nos cœurs & la paix & la guerre ;
C'est toûjours par ses soins qu'on est victorieux :
Il redresse nos pas, il nous ouvre les yeux.

Qu'on seroit malheureux sans sa douce assistance !
Il est dans nos travaux notre unique espérance,
Dans nos afflictions il est notre recours.
Amour sacré, régle & conduis mes jours
Par l'ordre de ta Providence ;
Je veux vivre & mourir dessous ta dépendance !

N   XLII. *L'A-*

XLII.

L'Amour surmonte tout.

Qui peut réfister à l'Amour ?
Lui qui furmonte tout, dont la force invincible
Malgré forts & remparts, perce, rompt & fait jour,
Ateint ce qui paroit le plus inacceffible.
  Dieu céde à notre forte ardeur,
Il fufpend fon courroux, s'apaife & rend les armes
  Lorfqu'il découvre au fond de notre cœur
  Que l'Amour eft la fource de nos larmes.

 Amour, puiffant Amour & vainqueur fouverain,
Que tes coups font charmans ! que j'aime tes blef-
   fures !
Tire, en tame, détruis, n'épargne pas mon fein,
Fai, fai couler mon fang par cent mille ouvertures.
  Ne laiffe rien qui ne foit tout divin,
Ote l'impureté, nettoie les ordures,
  Bannis ce qui refte d'humain,
Tu veux pour tes enfans des ames toutes pures.

 Tu ne détruis un cœur que pour le rendre fort :
Lorfqu'il n'eft plus à foi, Dieu le meut & l'anime ;
Il vient à bout de tout fans faire aucun éfort :
  Cette figure nous exprime
Comme l'Amour divin conduit l'arc & le bras
  De cette Amante fortunée ;
Vois comme dextrement & fans nul embaras
Elle tire fa fléche à vaincre deftinée :
  Elle perce du premier coup
  Cette épaiffe & forte cuiraffe :
  Non, il n'eft rien dont on ne vienne à bout
  Aidé d'Amour, car fa force furpaffe
  De l'Enfer le plus rude éfort,
Enfin l'Amour eft plus foit que la mort.

XLIII. *Agi-*

XLII.

J. Smit fec.

Omnia vincit Amor.

XLIII.

Agitatus fortior.

XLIII.

Agité, il devient plus ferme.

PLus je fuis agitée, & plus je fens de force;
La tempête ne fert qu'à me mieux afermir;
Puifque mon cher Epoux daigne me foutenir,
Les maux ne touchent que l'écorce.

Plus j'ai d'aflictions, plus j'éprouve au dedans
De paix & de douceur: la Bonté fouveraine
Pour une aparence de peine,
Me comble de contentemens.

Venez fondre fur moi tous les traits de l'envie,
Je me ris de vos vains éforts:
La plus pénible vie
Et les plus dures morts,
Sont de biens infinis une fource infinie,
Et par l'orage on eft conduit au port,
Ah, qu'une ame alors eft ravie!
Qu'alors elle benit fon fort!

Dieu paie avec ufure
Une courte douleur,
Se donnant fans mefure
A qui pour lui méprife un court & vain bonheur.

Saintes douceurs du ciel, agréables idées,
Vous rempliffez le cœur qui vous veut recevoir;
De vos atraits puiffans les ames poffedées
Ne fe laiffent point émouvoir.
Ni les plaifirs des fens, ni les frivoles craintes,
Ne peuvent ébranler leur cœur;
Ce noble fouvenir dont elles font empreintes
Faifant leur fermeté fait auffi leur bonheur.

XLIV.

Le veritable Amour ne fait point de mefure.

l'Amour divin doit être fans mefure,
On ne manque jamais
Dans fes divins excès :
Plus il eft violent, & plus fa force dure.

Lors que l'on aime bien, on ne veut plus de régle,
La fimple Charité
Jointe à la Vérité
Prend l'effor comme une aigle,
Laiffant tout ce qui n'eft pas Dieu,
On ne veut rien de tout ce qui fait un milieu.

Ah, lorfque l'Amour eft extréme,
L'on meurt à tout auffi bien qu'à foi-même,
Et l'on trouve la vie en cette heureufe mort.
Ah, mourons toûjours de la forte !
Plus notre Charité fera fincere & forte,
Et plus prompt fera fon éfort.

Amour, en brifant tout, romp le fil de ma vie ;
Qu'heureux fera mon fort,
Lorfque par fon atrait l'Amour puiffant & fort
Me l'aura fans pitié ravie.

Amour, Amour plus rien de limité,
Abime moi dedans ta Charité.

XLV. Let

XLIV.

J. Smit fec.

Verus Amor nullum novit habere modum.

Crescit spirantibus auris.

X L V.

Les vents font qu'il s'accroit.

PLus je suis acablé d'ennuis & de traverses,
  Plus je sens dans mon cœur croitre les sacrés feux:
Tant d'horribles tourmens, tant de peines diverses,
Bien loin de m'afliger, comblent enfin mes vœux.

  Que ton soufle divin, Esprit tout adorable,
Qui paroit au dehors agiter notre cœur,
Nous cause par dedans un calme délectable!
Cette agitation augmente notre ardeur.

  S'il est vrai qu'en l'Amour si charmante est la peine,
Quels seront dans les cieux ces torrens de plaisirs,
Dont la main de l'Amour puissante & souveraine
Par de divins excès doit remplir nos désirs!

  Amour, divin Amour, qu'en secret je reclame,
Que tes feux me sont chers! j'adore tes rigueurs.
Ah, si je pouvois voir un jour ta sainte flame
En m'anéantissant brûler les autres cœurs!

  Croissez, brûlez sans fin, sans jamais vous éteindre:
Augmenter vos tourmens, c'est croitre vos bienfaits.
L'apreté de vos feux ne sauroit faire craindre;
Plus on est consumé, plus on trouve de paix.

  O feu qui détruis tout, détruis enfin ma vie,
Unis moi, je te prie, à mon souverain Bien!
Mais je ne puis avoir ce sort digne d'envie,
Que je ne sois par toi reduit à n'être rien.

X L V I.
L'Amour dédaigne tout le reste.

LOrſque Dieu ſe découvre au cœur,
On'n'a que du mépris pour les grandeurs du monde ;
Les honneurs , les plaiſirs nous cauſent de l'horreur,
On goute en quitant tout une paix ſi profonde,
Qu'on ne croiroit jamais que les privations
      Faſſent le vrai bonheur d'une ame :
C'eſt pourtant au milieu des contradictions,
Qu'elle ſe ſent bruler de la divine flame.

      Oui l'amour de la pauvreté
      Aporte avec que la ſageſſe
      La parfaite tranquilité ,
      Et la véritable richeſſe.
Heureux celui qui ne poſſéde rien,
Dont le cœur dégagé ne veut & ne déſire
      Que le ſouverain Bien !
      Car jamais il n'aſpire
      Qu'après l'éternité.
Tout ce qu'on eſtime ſur terre,
      Eſt pure vanité :
Le trouble n'eſt qu'un éffet néceſſaire
      De la cupidité.

      Le pauvre d'eſprit ne peut craindre
      La perte de ce qu'il n'a pas.
Que lui peut-on oter ; & quel mal peut l'ateindre ?
Le ſoin de ſes treſors n'eſt point ſon embaras.
      Son unique ſoin eſt de plaire
      A ſon Seigneur , qu'il aime purement :
Il ne peut rien penſer que pour le ſatisfaire,
Et fait ſon ſeul plaiſir de ſon contentement.

      Qui ne quite pas tout , dit J E S U S , pour me ſuivre ,
      Eſt indigne de moi :
      Il eſt bien éloigné de vivre
      Refuſant de mourir à ſoi.
L'homme vit & ſe plait dans tout ce qu'il poſſéde ;
      Il vit en moi par la privation :
      Dans tous ſes déſirs il excéde ;
Ils ſeront tous comblés par ma poſſeſſion.

XLVII. Ce

XLVI

Omnia Spernit.

J. Smit fec.

Nec vidisse fat est.

XLVII.

Ce n'est pas assez que de voir.

QUi peut se calmer de vous voir,
   Cher Epoux de mon ame ?
En vous seul j'ai mis mon espoir,
Je brûle avec plaisir de votre sainte flame.
Quel bonheur d'être un jour tout pénetré de vous !
   Je vous aime, je vous contemple :
   Mon Dieu, que ces momens sont doux,
   Et que ma joïe est sans exemple !

   Plus je vous voi, plus je sens m'enflamer,
Votre regard divin, en me brûlant me calme :
   J'aime sans fin, sans fin je veux aimer,
Par ma fidélité j'emporterai la palme.

   Que dis-je ? ah mon transport m'ôte le jugement,
Et j'oubliois déja quelle étoit ma foiblesse !
   Seigneur, soutenez ma bassesse,
   Vous seul pouvez faire aimer constamment.

C'est sur vous seul aussi, cher Epoux, que je fonde
   L'espoir de vous garder ma foi ;
   Je connois bien ma misere profonde,
   Ainsi je n'attens rien de moi.

   Il est vrai que l'Amour me donne un peu d'audace,
   Je sens un courage nouveau :
   Mais je compte sur votre grace,
Et votre verité sera mon seul flambeau.

XLVIII. *Au*

XLVIII.

Au cœur touché d'Amour tout peut servir de voie.

LOrsque l'on suit l'Amour nul danger ne fait crain-
dre,
On se fait passage par tout ;
Lorsqu'on voit tout perdu, qu'on est le plus à plain-
dre,
Des plus afreux sentiers l'ame trouve le bout.

Cette Amante sans peur fait traverser la presse
Des flots grondants de la mer en courroux,
Sans vaisseau, sans mats : son adresse
Vient de son abandon au soin de son Epoux.

Ces terribles écueils ne lui font point de peine,
Elle dédaigne de les voir :
Ce qui fait son repos c'est qu'elle est très-certaine
De sa bonté, de son pouvoir :

Moins nous pensons à nous, & plus sa providence
Nous acompagne pas à pas :
Augmentons notre confiance,
Son soin ne nous manquera pas.

XLIX. L'A-

J. Smit fec.

Invia amanti nulla est via.

XLIX.

I. Smit fec.

Anima fat est Amor.

XLIX.

L'Amour est un vrai sel à l'Ame.

LE sel est de tout tems simbole de Sagesse;
  La charité sale nos actions,
    Donnant à nos afections
Et l'incorruption, & la délicatesse.

  La Sagesse & l'Amour s'acordent bien ensemble,
Celle-ci le conduit droit au Bien souverain,
    Et détourne le cœur humain
De ces apas trompeurs que l'univers rassemble.

L'Amour, comme un feu pur, monte droit à sa
      sphere,
    Il ne trouve rien ici bas
    Où l'on puisse tourner ses pas,
Tout est empoisonné: s'il veut se satisfaire
      Il rencontre la mort,
      Mais s'il prend son effort
    Il outrepasse toute chose,
Il ne s'arrête à rien, il va jusqu'à son Dieu;
      Cet admirable feu
      Remontant à sa cause,
    Trouve dans lui sans nuls defauts
  Sa pureté, sa force & son repos.

  La Sagesse est un sel, dont la force est extrême,
    Sans lui tout est insipide & rampant:
Qui n'a le sel d'Amour s'il veut dire qu'il aime,
    Son dire est fade, & ce n'est que du vent.
      Trompé par sa propre raison,
  L'amer lui paroit doux, & la douceur poison.

  La Sagesse & l'Amour sont le sel de notre ame,
    Ils la rendent d'un goût exquis.
    Et tous les biens nous sont acquis
Si nous savons user de la divine flame.

O   L. II

L.

Il chasse toute crainte.

l'Amour parfait banit toute sorte de crainte :
      Il inspire des sentimens
      A ses véritables Amants
Où la peur ne sauroit donner aucune ateinte.

  Il est seur que la peur naît de la défiance ;
      Lors que l'on est rempli de foi
         On ne craint rien pour soi ;
L'Amour pur est suivi de foi, de confiance.

  L'Amour est élevé, donne le vrai courage,
      Et répand des faveurs
      Richement aux grands cœurs,
      La force est leur partage.

  Son cœur est généreux ; son ame, une ame grande,
      Point de timidité,
      La liberalité
      Est ce qu'il recommande.

  Amour, divin Amour, donne moi la largesse ;
      Puisqu'un cœur étendu
      S'est de tout tems rendu
Ennemi de toute (a) paresse.

(a) Peut-être bassesse.

LI. Dans

L.

Odit timorem.

O.

LI.

Animæ felicitas.

L I.

Dans lui toute felicité.

QUe de contentemens ! que cette ame est heureuse ;
De méprifer tout ce qui n'eft pas Dieu !
Que de félicités elle goûte en ce lieu !
　　Que fa vie eft délicieufe !
　En quitant tout on s'unit fans milieu
A cet Epoux fi cher dont l'ame eft amoureufe.

Elle n'a plus de foin que celui de lui plairé,
　Foulant aux pieds & le monde & la chair :
　　　Pour le mieux aprocher,
　　　Et pour le fatisfaire,
　　　Elle fe vient cacher
　　　Dans ce lieu folitaire.

Là féparée enfin de tout ce qu'on admire,
Elle montre fes feux à fon divin Amant,
　　　Lui décrit fon contentement,
　　　Sa langueur, & fon doux martire ;
　Qu'elle eft à lui qu'elle aime uniquement,
Que pour lui fon cœur vit, qu'il fe meut, & refpire.

L'Epoux charmé de fes vœux, de fes larmes
　　　L'embraffe, & ne la quite plus,
　　　La remplit de mille vertus,
Augmente fon ardeur en lui montrant fes charmes.
Ici tous fouvenirs font rendus fuperflus,
De cet heureux féjour on banit les alarmes.

　　Oubliant tout on fe laiffe à foi-même,
　On s'abandonne à cette noble ardeur :
　　　Dieu poffédant le cœur
On ne peut rien goûter que fon Amour extrême :
　　On meprife tout autre honneur
　Que celui feul du Monarque fuprême ;
　　　Et le cœur trouve en lui
　　　Sa force & fon apui,
　　　Lorfque vraiment il aime.
　L'Amour, l'efperance & la foi
　Seront feuls à jamais ma loi.

　　　　O 2　　　　LII. La

LII.

La confcience en eft témoin.

QUe c'eft une fainte fcience
D'écouter avec foin ce que Dieu dit au cœur,
Et ne pas négliger de notre confcience
　　La finderéfe & la douleur.

Elle eft en tous les tems un confeiller fidelle,
　　Seur, & qui ne trompe jamais :
　　Notre ame à foi-même eft cruelle
De ne pas écouter ou fon trouble ou fa paix.

Lors que je fui fa voix, je me trouve tranquile,
Mon cœur eft agité quand je ne la fui pas :
Certains remords profonds, une peine fubtile,
Me font affez fentir quand je m'égare, helas.

Tout mon bonheur dépend de l'entendre & la
　　　　fuivre ;
　　Malheur à qui marche deffus :
　　Malgré nous elle fait revivre,
Pour l'étoufer nos foins font fuperflus.

　　Lorfqu'on la fuit, on ne fent plus de charge,
On vit content dans la fincérité;
　　Et notre ame y trouve le large,
Sur notre front vit la férénité.

Dieu qui l'a mife en nous, défire qu'on l'écoute ;
　　Elle nous dit toûjours la vérité :
　　Et ne laifferoit aucun doute,
Si ce n'étoit notre infidélité.

LIII.

J. Smit fec:

Conscientia testis.

J. Smit fec.

Superbiam exit.

LIII.

Il abhorre l'orgueil.

pOur être à Dieu, l'humilité profonde
　　Eſt le plus ſeur moien :
　　Dieu veut qu'on ne ſoit rien,
Et la ſuperbe plait & régne dans le monde.

　JESUS-CHRIST le premier a choiſi la baſſeſſe,
　　Le mépris fut ſa paſſion,
La pauvreté l'objet de ſon afection,
Ce fut là ſa doctrine & ſa haute ſageſſe.

　L'orgueil ſeul lui déplait, le banit de notre ame,
　　La ſuperbe lui fait horreur,
　　Il ſe plait dans un cœur
Quand il eſt humble & pur, ſa Charité l'enflame.

　Il le mene & l'enſeigne, il l'échaufe & l'éclaire,
　　Il ne l'abandonne jamais,
　　Le comble de mille bienfaits,
Enfin l'humble & petit ſait l'aimer & lui plaire.

L I V.

Il a foin d'inculquer fes loix.

Dieu par une bonté qui n'eût jamais d'exemple
  Me vient chercher dans l'erreur & m'inftruit,
  M'ouvre les yeux, m'enfeigne à petit bruit,
Ordonnant qu'en fecret je l'aime & le contemple.

De fa loi fi divine il me montre le livre,
  C'eft là l'objet, me dit il, de ta foi :
  Ecoute-la, laiffe tout, & fui moi ;
Pratique ces confeils, & tu pourras me fuivre :
Renonce à tous plaifirs, embraffe la vertu,
Que ton cœur par les maux ne foit pas abatu,
Meurs à toi même afin de pouvoir mieux revivre.

Ne te laffe jamais d'admirer & de voir
L'excès de mon Amour, & quel eft mon pouvoir,
Regarde mes bienfaits, écoute mes paroles,
Banni loin de ton cœur tant de deffeins frivoles,
Ne penfe qu'à me plaire, & ton cœur généreux
Trouvera que c'eft moi qui puis le rendre heureux.

Privé de tous les biens il aura l'abondance :
Lorfque plus de malheurs acableront tes fens,
Qu'en de rudes travaux tu vois couler tes ans,
Tu gouteras alors ce que peut ma clémence.

Je calme ton efprit, je fape ta douleur,
J'adoucis tes ennuis, & je charme ton cœur,
Contre tes ennemis je fuis feul ta défenfe :
Rien ne peut échaper à mon extrême Amour,
Ne fonge qu'à m'aimer, qu'à me faire la cour ;
Et puis, demeure en paix, feur de ma providence.

LV. Qui

I. Smit fec.

Sollicitus est.

Sine Amore mors.

L. V.

Qui n'aime point, il reste dans la mort.

SAns le divin Amour notre cœur ne peut vivre :
      Froid, languissant & mort,
    Il ne peut par aucun éfort,
    S'élever, l'entendre & le suivre,
Si le divin Amour touché de nos misères
Ne vient nous retirer par son bras toutpuissant
    De l'état foible & languissant
Où nous sommes reduits par nos fautes premieres.

    Mais sa charité sans pareille
    Le solicite à nous chercher,
    De sa fléche il nous vient toucher,
En blessant notre cœur il ouvre notre oreille.

    Venez, ô feu divin, que rien ne peut éteindre,
    Embrasez, embrasez mon cœur ;
    Vous seul en êtes le vainqueur,
    Et vous seul le pouvez ateindre.

    Vous pouvez seul le blesser de vos fléches ;
    Il est, il est à vous,
    Amour, divin Epoux !
    Ne renfermez jamais ses bréches.

LVI. L'A.

L V I.

L'Amour réünit les femblables.

l'Amour divin nous comble de faveurs :
Que fes careffes font aimables !
Mais afin de jouïr de ces biens délectables,
Il nous faut lui donner nos cœurs ;

Et les donner de telle forte,
Qu'on ne s'en referve plus rien :
Lors que fon Amour nous tranfporte
Il nous donne fon cœur, & rend le notre fien.

Il paie en un moment nos ennuis, nos traverfes,
Il nous porte en fon fein, il fait tarir nos pleurs ;
Il nous fait oublier tant de peines diverfes,
Par les épanchemens de fes faintes douceurs.

O mon Epoux divin, que j'aime & que j'adore,
Soiez mon unique foutien :
Je n'aime rien que vous, & je défire encore
Vous aimer davantage, O mon fouverain Bien.

Que je fois toute à vous, & non pas à moi-même,
Que je ne vous quitte jamais :
Le but où tendent mes fouhaits
Eft de m'unir à vous par un Amour extrême.

LVII. De

I. Smit fec.

Par pari.

LVII.

J. Smit fec:

Virtutum fons & fcaturigo.

LVII.

De toutes les Vertus il est la base & la source.

COulez, divines eaux , par ma bouche en mon
   cœur ;
 Je trouve en vous tout ce que je désire ,
Car toutes les vertus pour qui mon cœur soupire ,
Se donnent en beuvant cette douce liqueur.
La foi, la Charité, en tout bien si fécondes
L'espoir, l'humilité, la force & la douceur,
  Se trouvent dans vos ondes.

 Vous arrétez ma soif, je n'aime rien au monde ;
  Plus je vous bois, plus je me sens brûler :
  Feu tout divin, source toute féconde,
Je goute en vous des biens dont je ne puis parler :
   Cet excellent breuvage,
   Nous enseigne un langage,
   Mais connu de bien peu :
   Je sens croitre mon feu
   Plus je me desaltere :
  C'est un admirable mistere ;
  Ce feu n'a rien de douloureux
   Pour un cœur amoureux.

  Lorsqu'on boit dans cette fontaine,
Les plus rudes tourmens ne causent point de peine,
Plus on endure & plus on a soif de souffrir :
  L'Amour divin a tant de charmes,
  Qu'on trouve un plaisir dans les larmes ;
Et l'on meurt de regret de ne pouvoir mourir.

LVIII.

Il vivra sans cesser.

TOut amour qui n'eſt point l'Amour pur & divin,
  Ne peut durer long tems: s'il captive notre ame,
On le voit afoiblir, changer, s'éteindre enfin,
Il n'en eſt pas ainſi de la céleſte flame;
  Elle dure & s'acroit: & l'immortalité
Eſt de ce feu facré l'éminent caractère;
Il brûle dans le tems & dans l'éternité,
De ſa douce chaleur il échaufe, il éclaire.

  Il ne détruit jamais en brûlant ſon ſujet,
Il lui ſert d'aliment, lui conſerve la vie;
Il eſt ſon but, ſa fin, comme il eſt ſon objet,
Et cauſe un ſaint plaiſir dont notre ame eſt ravie.

  Ce feu montant toûjours s'éléve dans les cieux,
Rien ne le fait pancher du coté de la terre:
Le cœur qui le poſſéde, ô treſor précieux!
De ce bien ſouverain fait ſon unique afaire:
  Il ſe voit tout ôter, liberté, biens, honneur,
Il en fait ſon bonheur, il en fait ſa richeſſe;
Il goute en perdant tout certain plaiſir flateur,
Qui lui fait admirer la divine Sageſſe.

  Brûle moi, feu divin, n'épargne pas mon cœur,
Briſe, broie, détruis, tu ne ſaurois mieux faire;
Des plus rudes tourmens je ferai mon bonheur,
Je les compte pour rien; Amour, je te veux plaire.

LIX. C'eſt

LVIII.

Viret ad extremum.

J. Smit fec:

Finis Amoris ut duo unum fiant.

LIX.

C'est le but de l'Amour, de deux n'en faire qu'un.

C'Est là la fin de toute chose,
  C'est le but de tous nos défirs:
Admirable metamorphofe!
Comble des innocens plaifirs!
Unité que le Fils demandoit à fon Pere
  Pour fes Difciples bienaimés!
Chafte lien! adorable miftere!
  Doux efpoir des Prédeftinés!

Qui pourroit efperer un fi grand avantage,
  Si vous ne nous l'aviez promis?
C'eft le fublime & l'excellent partage
  Que vous donnez à vos amis.

Qui pourroit le penfer, encor moins le pretendre?
Le Tout veut bien s'unir avecque le néant;
Le Seigneur fouverain avec un peu de cendre,
  Une goûte à fon Ocean.

    Pour nous conduire aux Cieux,
    Il en voulut defcendre:
Abandonnant fa gloire, il nous rend glorieux
    Je me perds, & ne puis comprendre
    Seigneur, l'excès de votre Amour.
    Permettez moi de vous le dire:
Je fuis un malheureux, même indigne du jour,
Vous partagez pourtant avec moi votre Empire.

Vous faites encor plus; vous vous donnez à moi,
    Et votre Amour extrême,
    Vous fait me changer en vous-même;
Votre bonté m'étonne & me remplit d'efroi,
    Vous oubliez ce que vous êtes,
  Mais je ne puis oublier qui je fuis:
    Je revere ce que vous faites
  Heureux ceux qui vous font unis!

L X.

C'est de la Loi la consommation.

QUi pourroit exprimer le bonheur admirable
  Que goute un cœur qu'Amour conduit ici !
Il a trouvé le repos perdurable,
  Exempt d'ennui, de crainte & de souci :
    Tout est calme, tout est tranquile :
On ne veut rien que Dieu, qu'on aime uniquement,
Il est le ferme apui, comme le seur azile,
On trouve tout en lui, le vrai contentement,
L'invariable paix dont parle l'Evangile,
    Qui surpasse tout sentiment,
    Qui rend le précepte facile,
Le sentier des vertus droit, uni, tout charmant.

  Après que des vertus on a fait son étude,
    On trouve dans la Charité
    Cette admirable plénitude
  Qui nos esprits met dans la verité :
Sa lumiere aisément dissipe tout nuage
    Que produit une vaine erreur :
    L'Amour sacré donne ici l'avantage
De goûter à longs traits la céleste douceur.

  Si déja l'on éprouve une si douce vie,
    Que doit être l'éternité ?
De quelles voluptés sera-t'elle remplie ?
    Bien, qui n'est jamais limité !
    L'ame alors en son Dieu ravie,
    Possède l'immortalité.

F I N.

LX.

Plenitudo legis est.

Autre

EXPLICATION

des mêmes

EMBLÉMES

DE

VÆNIUS,

par le même Auteur

des POËSIES précedentes.

R

Les chifres capitaux I. II. III. IV. &c. *qui font au haut de chacune des pages suivantes, marquent le nombre des Emblêmes ; & le* petit chifre *qui se trouve en même ligne avec le* capital, *marque la page d'entre les pages precedentes, où l'on trouvera la figure qui correspond aux vers de l'Emblême que l'on a en vûe.*

PROLOGUE.

ON repréfente ici l'entretien tout charmant
De l'Amante & de fon Amant ;
Là leur mutuelles careffes :
Que de douceurs que de tendreffes !

Je voi d'autre coté des peines, des douleurs,
Des dangers afranchis, des trifteffes, des pleurs ;
On y voit des combats, l'abîme, le naufrage,
Les vents, la tempête & l'orage.

Mais où fe reduiront tant de tourmens divers ?
Dans un contentément qui furpaffe mes vers.
L'Epoux paroit jaloux de fa très-chafte Epoufe ;
Elle eft pour fon Epoux d'elle-même jaloufe :
Elle porte fon joug, qui lui femble bien doux
Venant de la main de l'Epoux :
Et la fatale inquiétude
Ne trouble point fa folitude :
Seul-à-feul avec Dieu, que d'innocens plaifirs !
Que de langueurs, que de foupirs !
Tout fe termine enfin à l'union parfaite,
Qui vient de l'entiere defaite
Des fens, de la raifon, & de la volonté ;
Tout eft reduit en unité.

Divine Charité, tu fis ce grand ouvrage ;
C'eft de toi, c'eft de toi, que l'ame a l'avantage
De plaire à fon célefte Epoux,
Et de gouter un bien fi doux.

Q 2

pag. 57.   I.

Nous devons aimer Dieu fur tout.

O Suprême grandeur, immenfe Vérité,
   Que nul ne peut concevoir ni comprendre !
Sublime profondeur, abîme de beauté,
Faites qu'à vos atraits nos cœurs viennent fe rendre !

   Vous étes au deffus du plus fublime Amour :
L'Amour le plus parfait fent bien fa défaillance,
Il fe voit bien petit ; mais il efpére un jour
De pouvoir s'abimer dans votre fur-effence.

   Que j'ai de joie, ô Dieu, de vous favoir fi grand,
Que la foi ni l'Amour ne puiffent vous ateindre !
Je m'abîme & me perds dans un vafte néant ;
Là je puis contempler, & vous aimer fans craindre.

II. *il*

I I. p. 58.

Il nous faut commencer.

VOus m'avez retiré de mon égarement,
 Vous m'avez envoié votre pure lumiere,
Quand je faisois, helas! tout mon contentement
  De ce qui pouvoit vous déplaire:
 Lorsque j'étois plongé dans l'abîme des maux
  Sur le point d'un triste naufrage,
Me prenant par la main vous me tiriez des eaux
Quand des flots mutinés j'allois sentir la rage.

 Que ne vous dois-je point pour un si grand bienfait?
Je vous ofre, Seigneur, & mon ame & ma vie.
Punissez, je le veux, mon insolent forfait,
Pourvu qu'elle vous soit toûjours assujettie.

 Ah, ne soufrez jamais qu'elle soit loin de vous!
Elle apartient à vous son Sauveur & son Pere:
Qu'elle éprouve plutôt votre juste courroux,
Que de pouvoir encor un moment vous déplaire.

p. 59.

III.

L'Adoption vient de l'Amour.

Qui le croiroit, Seigneur ? après tant de bontez,
Que je ne reconnus que par l'ingratitude,
Vous me prenez, vous m'adoptez,
Vous diffipez ma noire inquiétude.

Au fort de la douleur d'un repentir cuifant
Que caufoit ma premiere vie,
Vous m'adoptez pour vôtre enfant,
Vous me calmez le cœur, & mon ame afranchie
Trouve qu'en un inftant vous brifez fes liens.
Ouï ce cœur retréci fe trouve prefque immenfe,
Et vous l'avez comblé de biens;
Il goute de fon Dieu dans tous lieux la préfence.

Bien fouverain, douce Paternité,
Prémices d'un célefte gage,
Commencement de vérité,
Je vous goute déja comme l'heureux partage
Que Dieu promet à ceux qui quitent tout pour lui,
Qui renonçant à tout autre héritage,
Le prennent feul pour leur unique apui.

IV. *L'A-*

I V. p. 60

L'Amour est droit.

l'Amour pur & parfait est une flame droite,
 Qui ne panche d'aucun coté;
 Cet Amour a ce qu'il souhaite
Ne voulant, mon Seigneur, que votre volonté.

 Cet Amour tout divin n'a qu'un objet aimable,
 Dieu seul est sa force & son poids;
Tout ce qui n'est pas Dieu lui paroit détestable,
 Il est fixe en son premier choix.

 Pur, net, & dégagé de l'humaine nature,
 Il tend sans cesse à ce sublime Objet,
Sans se courber vers soi, ni vers la créature;
Ce qui n'est pas son Dieu lui semble trop abjet.

 Il s'eléve en son sein au dessus de soi-même,
 D'un vol rapide il traverse les cieux;
  C'est d'un amour jaloux qu'il aime
  Cet objet noble & glorieux.

 Il ne sauroit soufrir ni panchant, ni partage,
Cruel, impitoiable, il dépouille de tout.
Comprens, ou crois du moins ce sublime langage;
 Eprouve-le: le pur Amour peut tout.

p. 61.　　　　　　　V.

L'Amour eſt éternel.

CEnt fois je vous jurois un Amour éternel,
　　Divin Epoux, qui raviſſez mon ame :
Vous me dites : c'eſt moi qui le puis rendre tel,
Et te faire brûler d'une immortelle flame.

　Je le ſai, mon Seigneur, répondis-je à l'inſtant,
　　Je ne compte que ſur vous-même ;
　　Rendez mon cœur toûjours conſtant,
　　Et m'aprenez comme on vous aime.

　L'Amour en ce moment vint, s'aprocha de moi,
　　Faiſant un cercle indiviſible ;
Ce cercle eſt l'Amour pur, & la plus ſombre foi,
　　Qui ne peut rien admettre de ſenſible.

　Cependant, cher Amour, j'aperçois dans vos yeux
　　Un je ne ſai quoi qui m'enchante ;
　　Un langage délicieux
Enléve en un inſtant le cœur de votre amante.

　Vous lui tenez la main, & par de doux ſouris
　　Vous flatez ſes cuiſantes peines :
　　Vous apaiſez tous ſes ſoucis ;
　　Et ſes larmes loin d'être vaines
　　Lui cauſent des biens infinis.

VI. *L'A-*

VI.

p. 62.

L'Amour de Dieu est le Soleil de l'ame.

O Raion ténébreux de ce sublime Amour,
Vous percez de vos traits jusqu'au fond de mon
ame !
O nuit, plus belle que le jour,
Qui consumez mon cœur d'une secrete flame !

Mignarde main, toucher flateur,
Qui m'enlevez hors de moi même !
Je ne retrouve plus mon cœur,
Il est passé en ce qu'il aime.

N'étoit-ce pas assez de voir vos yeux charmans,
Sans y joindre des traits de flame,
Afin d'enlever vos amans,
Et pénetrer jusqu'au fond de leur ame ?

Quoi ! faut-il tant de traits pour enlever mon
cœur,
C'étoit assez d'une ouverture.
Vous l'avez conquis, doux Vainqueur,
Il ne faut pas d'autre blessure.

VII. *L'A-*

p. 63.   V I I.

L'Amour se voit comblé de grande recompense.

l'Amour est un bien infini,
    Qui porte en soi sa recompense :
Heureux le cœur auquel il est uni,
    Et qui vit sous sa dépendance !

  L'Amour est Dieu, qui se donne à mon cœur
    Lors que je l'aime sans partage :
  Mon salaire est sa gloire & son honneur,
    L'Amour ne veut rien davantage.

Les faveurs, les plaisirs, pour un cœur généreux
    Se convertiroient en suplice :
Que soufrir pour l'Amour est bien plus glorieux,
    Et s'immoler en sacrifice !

Je vous aime pour vous, ô mon unique espoir ;
Cet Amour souverain est une recompense
    Pour l'amant qui fait son devoir,
    Et qui se plait dans la soufrance,
Qui sait patir son Dieu dans les biens, dans les maux,
    Dont l'amour est invariable
    Dans les douceurs, dans les travaux,
Sans discerner l'amer du délectable.
C'est cet Amour parfait qui produit dans les cœurs
    Le Verbe-Dieu comme au sein de Marie :
L'Amour la fit Mére de son Sauveur.
    Que ta puissance, Amour, est infinie !

VIII. *L'A-*

VIII.

L'Amour instruit.

ENseignez moi, mon adorable Maitre,
Mon cœur écoute, il est tout préparé;
Votre leçon doit me faire renaitre:
Ah, serai-je bientôt de ce MOI séparé?

Et nuit & jour j'ai l'oreille atentive
A ce qu'il vous plaira, Seigneur, de m'enseigner:
Il faut que votre main dans notre cœur écrive
Ce qu'il ne doit pas ignorer.

La loi d'Amour n'a point d'autre salaire
Que l'Amour même; il renferme tout bien.
Celui qui veut retourner en arriere
N'a point l'Amour pour docteur, pour soutien.

C'est trop peu que ma loi soit écrite en ton livre,
Il faut que je la grave au milieu de ton cœur.
Divin Amour, à vous seul je me livre,
Agissez comme Maitre & comme Créateur.

Donnez-moi cet Amour que vous daignez m'a-
prendre:
L'expérience est au dessus de tout.
Helas, que puis je, moi, qui ne suis rien que cendre?
Le moindre contretems sans vous me pousse à bout.

Sur le même sujet.

Heureux celui que le Seigneur enseigne,
Qu'il instruit de sa volonté!
Quand on connoit sa vérité,
Ah, que tout le reste on dédaigne!

Si nous écoutions bien au fond de notre cœur
La voix de ce charmant Docteur,
La personne plus ignorante
Seroit en peu de tems savante,
Et sauroit le secret d'aimer Dieu purement.
Toi seul, Amour divin, peux me rendre savant.

IX. *L'A-*

p. 65.   IX.

L'Amour est un tresor très-cher & pretieux.

l'AMour est mon tresor, tout mon bien est en lui;
    Il est mon bonheur, ma richesse;
    Il est ma force & mon apui,
    Sans lui je ne suis que foiblesse.

Richesses d'ici bas, que vous me dégoutez!
    Vain honneur, toi fade mollesse
    Dont les hommes sont enchantés,
    Vrais oprobres de la sagesse!

O pauvreté d'esprit, vous êtes mon tresor;
    C'est vous qui donnez l'Amour même:
    Vous ne coutez aucun éfort;
    Mon tresor est en ce que j'aime.

Où j'ai placé mon cœur, j'ai placé tout mon bien;
    Si c'est mon Dieu qui le posséde,
    Il m'est tout: je ne veux plus rien,
    Ce qu'on estime je lui céde.

Je trouve en lui l'honneur, les biens, la sainteté,
    Mon bonheur, mon centre, & ma gloire;
    Je trouve en lui la vérité;
    Le reste est hors de ma memoire.

Le mépris m'est honneur, la pauvreté tout bien,
    Mon plaisir est dans la soufrance;
    La foiblesse fait mon soutien,
    L'Amour est ma persévérance.

X.   p. 66.

L'Amour est pur.

l'Amour, ainsi qu'une glace très-pure,
Représente l'objet tel qu'il est à nos yeux,
De ce que nous aimons empruntant la figure :
Quand on n'y voit que Dieu que le cœur est heu-
        reux !
    Mais de l'Amour sacré la glace merveilleuse
        Se ternit d'un moindre respir,
        Un détour de l'ame amoureuse
Dérobe cet Objet qui faisoit son plaisir.

    Ah, faites que mon cœur comme une belle glace
Vous dépeigne sans fin, Objet rare & charmant !
        Ce doit être l'unique grace
Que peut vous demander un véritable amant.

Sur le même Emblème.

CE miroir représente encore,
    Que quand le cœur est enflamé
De ce beau feu qui le dévore,
Un autre cœur est allumé
De cette flame pénetrante ;
Car la reverberation
D'un cœur déja dans l'union
Doit embraser le cœur d'une autre amante.

p. 67.   X I.

Dans l'unité se trouve le parfait.

LA fin de l'Amour pur est l'union intime,
  Où cet Amour conduit par des chemins rompus :
La croix & le mépris, non la gloire & l'estime,
Est le chemin sacré ; tout autre est superflu.

  DIEU SEUL : un seul Amour réünit toutes cho-
            ses :
    Ce point unique est le souverain bien.
L'Amour nous fait passer en notre unique cause,
Où Dieu, notre principe, est moteur & soutien.

  Admirable union de Dieu, de l'ame amante !
Il s'en fait à la fin un mélange divin.
L'ame sans rien avoir est ferme, elle est contente,
L'Amour la transformant en son Bien souverain.

  Elle ne paroit plus, cette Amante cherie,
Dieu seul opere en elle ; & dans son unité
        Elle est si fort anéantie,
Qu'on ne discerne plus que l'Amour-vérité.

XII. L'A-

X I I. p. 68.

L'Amour a ses divins combats.

COntre qui combas tu, trop témeraire amante ?
  Contre ce Dieu puissant qui gouverne les cieux ?
    Une herbe foible & chancelante
Peut-elle résister à ce Victorieux ?

  Je ne dispute pas pour avoir la victoire ;
    Je sai qu'il est le seul puissant & fort.
    Si je combas, ce n'est que pour sa gloire ;
    C'est pour lui seul que je fais cet éfort.

    Si je pouvois remporter cette palme
      Ce seroit pour l'en couronner.
      S'il posséde déja mon ame,
Pourrois-je la vouloir que pour la lui donner ?

    Divin Amour, remporte la victoire,
    Je céde à toi sans avoir combatu.

    Combas, combas ; je sai tirer ma gloire
    De ta foiblesse, & non de ta vertu.

p. 69, ## XIII.

L'*Amour aime le réciproque.*

D'Un réciproque Amour voions les combatans :
  J'aperçois diverses blessures :
  Ils mettent leurs contentemens
  Dans leurs profondes ouvertures.

  Leurs corps jonchés de fléches,
   Leur visage riant
De se voir mille & mille bréches,
Est quelque chose de touchant.

Leur carquois paroit plein, avec leur arc tendu,
  Tout prêt à décocher encore ;
  Mon esprit en est suspendu
  Et j'admire ce que j'ignore :

L'Amante va mourir, l'Amant est immortel ;
Il blesse pour guerir, s'il tue, il rend la vie :
Divin Amour, non, tu n'es pas cruel,
Et mourir de ta main est mon unique envie.

XIV. *La*

XIV.

p. 70.

La vertu n'eſt que de l'Amour la marque.

O Charité divine, il faut que tout vous céde ;
Vous renfermez en vous les plus pures vertus.
Sitôt, Amour, qu'on vous posséde,
Tout ce qui n'eſt point vous nous paroit ſuperflu :

On ſoufre avec plaiſir mille tourmens divers,
On tâche bien ſouvent d'acroitre ſon ſuplice :
Hors de vous tout languit en ce grand univers,
On préfére aux plaiſirs ta divine juſtice.

On ne veut rien pour ſoi, l'on veut tout pour
mon Dieu ;
La plus pure vertu c'eſt cet Amour ſuprême.
Qui ne brûle d'un ſi beau feu
Ignorera, Seigneur, comme il faut qu'on vous aime.

XV. *C'eſt*

P. 71.   X V.

C'est de deux volontés le concours unanime.

QUand notre volonté veut tout ce que Dieu veut,
   L'homme foible est surpris de sentir ce qu'il peut :
Plus il est foible en soi, plus il trouve en Dieu même,
Soumis à son vouloir, une force suprême.
Rien ne lui coute plus ; la peine & les tourmens
Dans le vouloir divin sont des contentemens.
Ce qui fait ma douleur, ce qui fait mes traverses,
C'est de trouver en moi des volontés diverses.
Ce qui fait tous les maux c'est la division :
La paix & le bonheur sont en cette union.

   Ordonne de mon sort, ô Volonté suprême,
Et je serai toûjours pour toi contre moi-même.
Les plus rudes tourmens ne m'étonneront pas,
Si ton divin vouloir règle & conduit mes pas :
Et des chemins jonchés de ronces & d'épines
Seront à mon Amour sentiers, routes divines.

XVI. C'est

XVI. p. 72.

C'est en haut qu'il regarde.

MOn cœur tourne sans fin vers son divin Soleil,
  Il ne peut plus voir autre chose :
Il suit incessamment cet Objet sans pareil,
  Qui le meut & qui le repose.

 Quand le cœur est épris de l'Amour de son Dieu,
  Il ne trouve plus rien d'aimable :
Par un simple regard en tout tems, en tout lieu,
Il suit sans s'arrêter ce Soleil adorable.

 Il ne pense qu'à lui l'aimant uniquement ;
  Rien ne divertit sa pensée
  De cet Objet rare & charmant :
De tout le reste alors l'ame est débarassée.

 O souverain bonheur de n'avoir plus que Dieu !
  Son Amour possède notre ame ;
  Et la possède sans milieu.
  Heureux qui brûle de sa flame !

Sur le même sujet.

l'HEliotrope suit sans cesse son Soleil ;
  Mon cœur suit son Dieu tout de même :
  Son Amour pur & sans pareil
  Me transforme en celui que j'aime,

 Non, je ne saurois plus divertir ma pensée
  De ce Dieu si parfait, si grand,
De ce qui n'est point lui je suis debarassée :
  C'est lui qui fait mon mouvement.

 Etre immense & puissant, adorable Lumiere,
  Source d'Amour, de vérité,
En éclairant mon cœur tu fermes ma paupiere,
  A ce qui n'est que vanité.

 XVII. Il

p. 73.   X V I I.

Il s'acroit sans mesure.

LOrsque le cœur est pur comme une belle glace,
  Et que sans cesse il s'expose à son Dieu,
    Il brule & sent croitre son feu,
    Son Amour devient éficace.

S'exposer devant Dieu, marcher en sa présence
    Par la pure & simple oraison,
    Se laisser à sa motion,
  Joindre l'amour à la persévérance;
On sentira bientôt tout le cœur s'allumer:
Le feu qui vient du ciel est une flame pure.
    Mon cœur, laissons nous enflamer,
    Ne donnons rien à la nature,
    Nous saurons le grand art d'aimer.

XVIII. Pré-

X V I I I.   p. 74.

Préférable à l'amour & de pére & de mére.

LOrs qu'on quite pour Dieu ce qu'on a de plus
        cher,
Que la chair & le sang ne peuvent nous toucher,
        L'Amour nous devient toute chose.
Laissons biens & parens, tout ce qui n'est pas lui;
        Lorsque nous perdons tout apui,
        En lui notre ame se repose.

Il se donne pour prix de la fidélité
A tout abandonner pour l'aimer & le suivre;
        En perdant tout on a la vérité;
        Mourant à tout on aprend à bien vivre.

P. 75.

XIX.

L'Amour est le lien de la perfection.

DIvin nœud de la charité,
Inviolable Amour, centre de l'unité,
Que vous êtes puissant pour atacher mon ame !
Je ne sens plus les feux de ma premiere flame :

Un Objet infini qui me tient sous ses loix,
Un Amour sans defaut, sans désir & sans choix,
Une vaste & pure lumiere,
Me lie incessamment à la Cause premiere.
Mon Amour a rompu mes malheureux liens,
Afin de me lier des siens.

Depuis ce tems heureux n'étant plus à moi-même,
Je suis toute à celui que j'aime.
Ah ! ne brisez jamais ces liens fortunés ;
Amour, je suis perdu si vous m'abandonnez.

XX. II

X X. p. 76.

Il est vainqueur de la nature.

REtirez-vous de moi, séduisante nature,
　Vous ne pouvez donner les plaisirs qu'en pein-
　　ture.
Le seul Amour sacré peut faire mon bonheur :
C'est lui qui satisfait & mon ame & mon cœur.
O toi, divin Amour, remporte la victoire,
Banis cette ennemie, & ce sera ta gloire.

　Retirez-vous de moi, plaisirs bas & trompeurs,
Vous venez me flater, malheureux séducteurs.
L'Amour, l'Amour de Dieu fait me rendre fidelle,
Et cette Amour devient une Amour éternelle.
Taisez-vous, sentimens ; je ne veux que la foi :
La foi, la croix, l'amour m'uniront à mon Roi.

p. 77.

XXI.

Il nous garde du mal.

pOurrois-je craindre encor la tempête & l'orage,
  Puis que vous me gardez, ô mon céleste Epoux?
Je n'apréhende plus ni l'enfer, ni sa rage;
Je suis en sureté quand je suis près de vous.

  Peut-il tomber quelques maux sur ma tête?
    Venez fondre sur moi tempête,
Je ne vous fuirai plus ni la nuit, ni le jour;
Je suis en sureté, j'apartiens à l'amour.

  J'entends de tous cotés éclater le tonnerre,
Des éclairs enflamés lancés contre la terre,
La grêle, l'eau, le feu se mêlent tour à tour;
Je suis en sureté, j'apartiens à l'Amour.

  S'il veut me voir périr, je périrai sans peine;
Tout est le bien venu de sa main souveraine.
    Amour, dispose de mon sort,
    Soit pour la vie ou pour la mort.

  Tu ne me verras point à tes desseins rebelle:
L'Amour, le pur Amour, ne peut être infidelle.
Confonds, abîme tout dans ce terrible jour;
Je suis en sureté, j'apartiens à l'Amour.

XXII. Il

XXII. p. 78.

Il ensemence & rend l'esprit fécond.

POur labourer un champ on fait beaucoup d'éfort :
Il faut avec le fer ouvrir, tourner la terre ;
Plus le fer passe, & plus on ateud son raport :
On y jette le bled, & puis on le resserre.
C'est ainsi que l'Amour agit sur notre cœur.
La croix & la douleur servent de labourage ;
La pénitence éteint toute infernale ardeur :
Et l'homme ne sauroit en faire davantage.
L'Amour sacré répand la semence divine :
    Il faut la laisser reposer,
    Il aura soin de l'arroser,
    Il en otera les épines.

Divin Amour, c'est vous qui labourez mon cœur,
    Le renversant selon votre sagesse :
    Soiez en donc le moissonneur ;
A vous seul apartient sa moisson, sa richesse.
C'est à lui de soufrir tous les renversemens ;
A vous de recueillir ses fruits très-abondans.

P. 79.   X X I I I.

Il dédaigne les cœurs qui font apefantis.

NOus ne pouvons jamais apartenir à Dieu
    Qu'en furmontant les fens, la chair & la nature :
Se dire fon amant & brûler de fon feu
Sans mourir chaque jour n'eft rien qu'une impofture.

    Il eft aifé de voir que la dévotion
        N'eft qu'une pure illufion
Lors que l'on ne veut pas fe renoncer foi-même ;
Jefus-Chrift nous l'a dit : pour le fuivre ici bas
Il faut porter fa croix & marcher fur fes pas,
Il faut s'abandonner à fon vouloir fuprême.
        Ce n'eft point autrement qu'on l'aime.

XXIV.

XXIV. p. 80.

Il rend très-liberal.

l'Amour rend liberal; & le cœur généreux
N'ose rien posséder: tout est à ce qu'il aime;
  Pour soulager un malheureux
  Il voudroit se donner soi-même.

 Si je fais quelque bien je prens de vos tresors,
  Divin Amour, ô source intarissable,
   Pour les ames & pour les corps !
Le cœur bien amoureux me paroit incapable
   De s'aproprier aucun bien;
  Sa richesse est de ne posséder rien.
L'Amour est son tresor, son bonheur, sa richesse:
  Il trouve en lui sa force & sa sagesse.
Lorsque privé de tout il ne posséde rien
Il connoit que l'Amour est son unique Bien.

XXV. L'en-

p. 81. XXV.

L'envie eft l'ombre de l'Amour.

CEtte ombre afreufe helas qui nous fuit en tous
       lieux,
  Eft l'éfet de la jaloufie.
Le pur Amour déplait aux envieux ;
Lui, qui produit le bonheur de la vie,
  Eft infuportable à leurs yeux.

L'Amour infpire au cœur une autre jaloufie ;
  C'eft celle de fon feul honneur :
  Elle eft exempte de l'envie,
  Et ne tourmente point le cœur.

C'eft un zéle facré pour un Objet aimable,
Qu'on voudroit faire aimer en mille endroits divers ;
  Pour ce Dieu pur, faint, adorable,
  Qui régit ce grand univers.
  On ne veut d'honneur, de victoire,
  De bonheur, de plaifir, de bien,
  Que pour l'immoler à fa gloire :
Un tel jaloux ne fe referve rien.

L'Amour pur eft auffi de lui-même jaloux,
Il ne fauroit foufrir concurrent ni partage :
Et cette jaloufie allume fon courroux.
Il veut le cœur entier auffitôt qu'il l'engage ;
Que fans fe regarder on l'aime uniquement :
  Pour l'obtenir il met tout en ufage ;
  Il en mérite davantage,
Il n'en atend pas moins de fon fidele Amant.

XXVI. *Rien*

X X V I. p. 82.

Rien ne pese à celui qui aime.

NOn, non, l'Amour n'a point de charge trop pe-
       sante,
L'ame qui s'en plaindroit est indigne de lui :
     Car une véritable Amante
Ne veut en ses travaux que l'Amour pour apui.

  Que votre joug est doux, votre charge légere !
Ils soulagent mon cœur, bien loin de l'acabler.
     La croix est un secret mistere,
     Qu'il ne faut pas trop reveler.
  Tout le monde la fuit, cette croix salutaire :
     Elle est le choix de mon Epoux.
     Je la veux porter sans salaire,
Et chanter en tous lieux que ce fardeau m'est doux.

p. 83.　　　　X X V I I.

Le feul Amour eft fource de tous biens.

l'A Mour aux cœurs unis rend toute chofe aimable)
　　Cette union eft fource de tout bien:
　　　　Jamais aucun fardeau n'acable
　　　　Quand l'Amour en eft le foutien.
　Les peines font faveurs, la douleur recompenfe
　　　　Lorfqu'on a le gout afiné;
On trouve un vrai bonheur dans l'humble patience
　　　　Quand on eft bien abandonné.

　Comme au foin de l'Amour on remet fa conduite
　　　　Rien ne caufe plus d'embaras,
Si par toi, cher Amour, j'allois être detruite,
　　　　Mon cœur n'en foupireroit pas.

　Un foupir échapé rendroit-il infidelle
　　　　Un fi pur & parfait Amant?
La juftice ne fut jamais, jamais cruelle:
On foupire d'amour & de contentement.

XXVIII. Les

XXVIII. p. 84.

Les coups de l'Amour sont bien doux.

FRape, frape, mon cher Epoux,
Mais ne te mets point en colere:
Ah, je crains bien plus ton courroux
Que toutes les douleurs que ton bras me peut faire.
Augmente & redouble tes coups:
Je n'apréhende plus, pur Amour, ta justice.
Que ce chatiment paroit doux!
Si tu n'as point d'autre suplice
Qui se plaindra de ta rigueur?
Ce ne sera jamais mon cœur.

Favorables rigueurs, trop savoureuses peines,
Que celles qui viennent d'Amour!
Puis qu'il donna pour moi tout le sang de ses veines,
Que je donne pour lui tout le mien à mon tour!

p. 85.   X X I X.

La paix & l'Amour vont ensemble.

HElas, pour un moment de peine & de soufrance
C'eſt là donc le bonheur que vous me deſtiniez !
   Qu'il ſurpaſſe mon eſpérance !
   Eſt-ce ainſi que vous chatiez ?

Venez fondre ſur moi, tourmens, torrens de pei-
     nes,
Vous n'avez rien qui puiſſe m'alarmer.
Quand nous craignons, que nos craintes ſont
     vaines !
Vous ne frapez que pour vous faire aimer.

Vous nous faites gouter votre aimable préſence,
   Vous comblez notre ame de paix.
   Ne regardons plus la ſoufrance,
   Que comme de charmans bienfaits.

     Chatiment déſirable !
    O coups, coups fortunés,
  Quels ſont les biens que vous donnez !
  Mon bonheur eſt inexplicable.

XXX. L'Eſ-

X X X. p. 86.

L'Espoir nourrit une ame amante.

L'Espérance me nouriſſoit
  Lors de ma plus tendre jeuneſſe,
Et l'Amour qui me conduiſoit
  Etoit plein de délicateſſe :
Mais ſi tôt que la foi brillant dans mon eſprit
Me fit apercevoir mille traits de l'enfance,
  Je voulus quiter l'eſpérance,
Et ſuivre l'Amour pur dans une ſombre nuit.

L'eſpérançe ſera ta fidelle compagne,
  Me dit l'Amour ; fui du lait la douceur ;
  Viens avec moi parcourir la campagne :
    Il faut, il faut changer ton cœur.
Je te ferai courir aux bords des précipices,
Tu ne craindras pour moi ni peine ni danger :
Je te ferai chanter au milieu des ſuplices,
Et c'eſt là le chemin où je veux t'engager.

Divin Amour, fai ce que tu veux faire ;
Je te ſuivrai par tout d'une immuable foi :
  Soufre ſeulement que j'eſpere,
  Amour, & je me livre à toi.

p. 87. X X X I.

L'Amour hait les lenteurs.

IL ne faut plus penser à gouter le repos:
 Amour me fait courir sans cesse,
 Il ne peut soufrir la paresse,
Il fait tout son plaisir des peines, des travaux.
  Helas, j'ai bien changé d'allure!
 Je me reposois nuit & jour,
 Et donnois tout à la nature,
 Croiant tout donner à l'Amour.

 Le marcher est repos, me disoit mon cher Maitre;
  Ton repos sera de courir:
On ne peut arriver jusqu'au Souverain ETRE
  Sans avancer, & sans soufrir.

 Regarde ce torrent, dont la course rapide
Ne s'arrête jamais qu'il n'ait trouvé la mer.
  Quite, quite ton pas timide;
Suy moi, je t'aprendrai comme tu dois m'aimer.

XXXII. L'A-

XXXII.   p. 88.

L'Amour redreſſe toutes choſes.

QUe de détours Amour, que de ſubtiles caches,
  Dont j'uſois autres fois que j'étois loin de toi:
    Mille retours, & mille & mille ataches,
      Que je derobois à ma foi.
Amour pur & divin, rectifie, acommode
      Ce que l'amour propre a gaté.
      Je voulois t'aimer à ma mode,
Et je ne t'aimois pas ſelon la vérité.

  Ah, que loin de l'Amour il eſt peu de droiture!
Quand je voi nos vertus auprès de ſa meſure
      Je n'aperçois que du defaut:
      Helas, on vit dans la nature,
      Quand on ſe croit tout au Très-haut!

  Nos œuvres, nos vertus, paroitroient peu de
      choſe
A les bien meſurer à l'aune de l'Amour:
      Nous n'en diſcernerons la cauſe
      Qu'à la faveur de ſon grand jour.

p. 89. XXXIII.

Il prépare la voie à Dieu.

IL faut marcher, pour aller à mon Dieu,
  Par un chemin jonché de palmes & d'épines :
Les ronces font pour moi, tout me plait en ce lieu,
Et j'aime également des routes fi divines :

  Que tous chemins font bons pour arriver à vous,
    Divin Objet, qui faites mes délices !
      Je ne crains point les précipices :
Périr en vous cherchant feroit un fort bien doux.

    Amour, remportez la victoire ;
Je ne veux rien pour moi que peine & que douleur ;
    Je vous céde toute la gloire,
    Helas, que ç'eft peu pour mon cœur !

XXXIV. Tout

XXXIV.   p. 90.

Tout doit rentrer dans sa premiere source.

ADorable principe, & mon unique fin,
 Je reçois vos bienfaits afin de vous les rendre;
  Et mon cœur ne sauroit prétendre
Qu'au suprême bonheur d'être à son Souverain.
 Tous biens viennent de vous, il faut qu'ils y re-
   tournent:
  Si vous prodiguez vos faveurs
  A de foibles & lâches cœurs,
  Ne soufrez pas qu'ils y sejournent.

 Pour moi, mon cher Epoux, je fais tout mon
   plaisir
  De tout rendre à mon seul principe:
 Lorsque le cœur est vuide de désir
A son Bien souverain d'abord il participe:

  Car ne retenant rien pour soi,
Il s'abime & se perd dans cette mer immense:
  Lorsqu'il abandonne le MOI
C'est dans l'Amour sacré qu'il fait sa résidence.

p. 91.

XXXV.

Il est ferme & constant.

TU me fais atacher, Amour, à ce poteau,
De toutes parts la flame m'environne:
Est-il quelque tourment nouveau,
Où mon ame ne s'abandonne?

Augmente & redouble tes feux;
Je n'en sens point la violence:
Quand le cœur est bien amoureux,
Le beau feu du dedans détruit sa véhémence.

Amour, ah, laisse moi, pour me faire soufrir:
Tant que tu soutiendras mon ame
Elle ne peut ni languir, ni mourir,
Et se délecte dans la flame.

Ces horribles bourreaux sont donc tes instrumens,
Et je pourrois encor les craindre?
Redouble mon Amour, & croisse leur tourment,
Car leur feu par le tien est tout prêt de s'éteindre;
Et je le voi comme un amusement,
Puisqu'il ne peut encor m'ateindre.

XXXVI. *L'A-*

XXXVI.

p. 92.

L'Amour édifie & construit.

DEtruisez, cher Amour, mon ancienne maison;
 Soiez le fondement d'un nouvel édifice:
   Que ce soit un lieu d'oraison,
Où l'on ofre du cœur l'éternel sacrifice.

 Vous ne l'élevez point sur le sable mouvant;
   Mais sur la roche vive:
   Quand le débordement arrive,
Il ne pourra jamais l'ébranler un instant.
Ce qu'on fait sans l'Amour c'est bâtir sur l'arene,
   Où le moindre débord entraine
   Ce superficiel, ce léger bâtiment.

 Nos œuvres, nos vertus sans l'Amour sont de
     paille,
   Qui n'ont en soi nulle valeur:
Heureux ceux avec qui le pur Amour travaille,
Leurs œuvres, leur vertus sont dignes du Seigneur.

p. 93. XXXVII.

Il répand une odeur charmante.

Tire-moi, mon divin Epoux,
Disoit l'Epouse des Cantiques,
L'odeur de tes parfums si ravissans, si doux,
Enlévera les cœurs de ces vierges pudiques,
Dont la robe en blancheur jette un éclat si beau
A ta suite, ô divin Agneau.

D'un parfum plus exquis mon ame est alterée;
Les mépris, les douleurs sont de cette contrée:
Reserve pour le ciel tes charmantes douceurs,
Il ne me faut ici que peines & rigueurs.

Tu me fraias jadis le chemin des soufrances;
Et tu m'as enseigné quelle est ta patience:
La croix, l'adversité, pour un cœur généreux,
Le font, divin Agneau, te suivre en tous les lieux.

Quand je voi mon JESUS couvert de cicatrices,
Pourrois-je m'amuser à gouter des délices?
Il n'en est point pour moi que marcher sur ses pas
Et soufrir comme lui jusques à mon trépas.

XXXVIII. Avec

XXXVIII. p. 94.

Avec l'Amour on est en assurance.

JE voi de tous cotés grand nombre d'ennemis,
    Qui me pressent & m'environnent:
      Ils croïent me rendre soumis,
      La mort & l'enfer me talonnent.

  Malgré tant de dangers je n'apréhende rien;
      Qu'on me frape, qu'on m'emprisonne:
Ce qu'on fait contre moi me paroitroit un bien
Si le divin Amour me servoit de soutien.
      C'est à lui que je m'abandonne
    Entre ses bras je n'apréhende rien.

    J'y goute une paix si profonde,
    Que j'oserois défier tout le monde.
Je repose en son sein, & ma tranquilité
      Ne vient que de la charité.

  Qui me peut séparer de cet Objet aimable?
      La mort ou la captivité
    Ne peuvent rien contre la vérité;
    Elle est à tout inébranlable.

XXXIX. Il

p. 95.   XXXIX.

Il étanche la soif du cœur.

VOus étanchez ma soif, ô mon divin Epoux!
   Que les eaux d'ici bas sont pleines d'amertume!
On goute en vous aimant un feu charmant & doux
     Qui sans nous bruler nous consume.

On trouve en votre sein une source paisible ;
     Toute pleine de volupté,
     Qui rend aux plaisirs insensible,
     Et nous met dans la vérité.

C'est vous qui nous donnez l'excellente fontaine
Que vous avez promise à la Samaritaine:
Elle produit en nous un fleuve gracieux,
     Qui doit jaillir jusques aux cieux.

Ce fleuve est l'Amour pur, qui remonte à sa
     source,
Il banit de nos cœurs l'amour interessé.
     Qui n'interrompt jamais sa course,
   S'en trouvera plus que recompensé.

X L. p. 96.

Qui veut aimer n'est plus libre à sa mode.

Qui peut se plaindre de ta charge,
Amour, & de ton joug, ne l'a jamais porté.
D'un si doux esclavage ah s'il craint qu'on le charge,
Il est captif de la cupidité.
En captivant le cœur tu le mets plus au large;
Tu lui donnes la liberté.

Ton joug paroit pesant à l'ame foible & tendre?
Mais qu'il paroit léger au cœur bien amoureux,
Qui loin de vouloir s'en défendre,
Se croit en le portant cent fois plus glorieux!

Ah, captive mon cœur, seul Auteur de ma flame!
Je te rends comme à mon vainqueur
Les droits que j'avois sur mon ame,
Sois en paisible possesseur.

XLI. L'uni-

X L I.

p. 97.

L'unique Amour brille entre les vertus.

l'AMour renferme les vertus :
Sans lui nulle vertu ne sauroit être pure.
Souvent nos soins sont superflus ;
Croiant suivre l'Amour, nous suivons la nature.

Il n'est rien hors de toi, Charité bienfaisante,
Pour ta fidelle & tendre Amante :
Je trouve en toi, cher Amour, tous les biens.
C'est toi qui les produis, c'est toi qui les soutiens.

Avec toi la vertu se trouve sans méprise ;
Une sincérité qui jamais ne déguise,
Une ingénuité qui ne se dément point ;
Par tout une égale franchise :
C'est la vertu d'un cœur qui se laisse à ton soin.

XLII. *L'A-*

XLII. p. 98.

L'Amour surmonte tout.

VIens enlever mon cœur, Amour tout adorable,
    Pour toi rien n'est impénetrable:
Le cœur plus endurci résisteroit en vain.
Tu peux ce que tu veux, seul Auteur de ma flame;
    Sitôt que tu prens le dessein
    De pénetrer le fond de l'ame,
On est assujeti par tes charmes si doux:
    On est blessé des moindres coups.

Ah, dès qu'un cœur d'acier reçoit en lui tes traits,
    Il change aussitôt de nature,
    Quitant sa qualité trop dure
    Lorsqu'il éprouve tes atraits,
Il ne sent plus en lui que des désirs parfaits.

Fais, ô divin Archer, dans mon cœur tant de
    bréches,
    Qu'en épuisant toutes tes fléches
    Je puisse de même à mon tour
    Te blesser de mon chaste amour.

p. 99.

XLIIL

Agité, il devient plus ferme.

CE chêne que je voi batu de la tempête,
Ne fait que s'afermir : son orgueilleuse tête
Paroit braver les vents impétueux,
Se roidiffant dans fa racine
Lorfque ces tems injurieux
Semblent le menacer d'une prompte ruïne.

Il en eft ainfi de mon cœur ;
Lorfque chacun lui fait la guerre,
Qu'il entend gronder le tonnerre,
Il s'afermit contre la peur.
Regardant fans pâlir où tombera l'orage,
Il foutient tout avec courage ;
Il n'eft point abatu, non plus qu'audacieux ;
Fier du fecours des cieux.

XLIV. Z.

XLIV.   p. 100.

Le véritable Amour ne fait point de mesure.

LA régle de l'Amour est d'aimer sans mesure :
Rompons, divin Epoux, la régle & le boisseau;
    Laissons les tems à l'avanture ;
    L'Amour donne un plaisir nouveau.
Disons & redisons, rien ne paroit si beau ,
La régle de l'Amour est d'aimer sans mesure.

     Ah, ne comptons jamais les tems :
La saison de l'Amour devroit être éternelle.
    Ne parlons plus que du printems ;
    L'Amour divin est la saison nouvelle ,
    Du cœur fidele & des amours constans.

     Divin Auteur de la nature ,
Vous qui savez si bien remuër notre cœur ;
Si je vous puis aimer d'un Amour sans mesure ,
Je parviendrai bientôt au souverain bonheur.

p. 101. X L V.

Les vents font qu'il s'acroit.

pLus je fuis agité, plus je fuis combatu ;
   L'Amour augmente ma vertu :
Par les vents mutinés je fens croitre ma flame,
   Ils rendent plus ferme mon ame.

  Souflez de toutes parts, ô vents impétueux ;
Plus vous fouflez, & plus je fens croitre mes feux.
Les tourmens de l'Amour n'ont rien que d'agréable :
Leur agitation rend mon feu délectable.

    Fondez fur moi, torrens de maux,
   Mon feu s'acroit par les travaux,
   Je ne crains plus votre amertume :
   Agité, j'e oute un bonheur
   Que ne peut dépeindre ma plume,
   Car il eft plus grand que mon cœur.

XLVI. L'A

X L V I. p. 102.

L'Amour dédaigne tout le reste.

POur vous j'ai méprisé l'honneur,
  Et tous les biens de la fortune.
    C'est encor trop peu pour mon cœur:
Tout ce qui n'est pas vous m'aflige & m'importune.

  Vous n'étes pas content de ce que j'ai quité,
    Si je ne me quite moi-même:
      Votre Amour est plein d'équité,
      Il veut tout pour le Bien suprême.

  Sans rechercher en lui que son seul interêt,
Sans vouloir de l'Amour aucune recompense,
    Faisons toûjours ce qui lui plait;
    Que c'est une auguste science!
Ne nous amusons pas à chercher la douceur;
Ne désirons de Dieu que son unique honneur.

p. 103.   XLVII.

Ce n'est pas assez que de voir.

QUi pourroit concevoir le doux contentement
   Qu'on reçoit à vous voir, ô Monarque suprême!
Vous posséder en soi surpasse cependant
    Ce qu'on peut voir quand on vous aime.

   Ah, fermez vous, mes yeux, cessez de vous ou-
     vrir;
   Je veux un Bien qui surpasse la vûe:
Je contemple, il est vrai; mais l'Amour veut jouïr
    De la vérité pure & nuë.

   Je voudrois m'abimer dedans son vaste sein,
    Et dans lui me perdre sans cesse.
Que mon sort seroit beau, trop heureux mon destin,
    Si perdu dans votre Sagesse
Je ne me voiois plus, je ne connoissois rien
Que la totalité de cet unique Bien!

   Non, penser trop-borné, vous ne convenez pas
    Avec cet Objet adorable:
Vous êtes trop grossier, trop imparfait, trop bas:
L'Amour, le pur Amour, est lui seul convenable.

XLVIII. *Au*

Au cœur touché d'Amour tout peut servir de voie.

AMour pur & divin, vous laiſſez votre Amante
A la merci des flots : que je la voi contente !
Batuë en cent façons au milieu de cette eau,
  Son carquois lui ſert de vaiſſeau,
Son arc de gouvernâil. Là ſans craindre l'orage,
  Elle goute un plaiſir nouveau.
  D'où lui vient donc ce grand courage ?

 C'eſt de l'Amour ; c'eſt lui qui cauſe ces ſuplices :
Elle n'aperçoit pas même les précipices
  Qui l'entourent de toutes parts ;
Et ſans ouvrir les yeux ſur ſon prochain naufrage,
  O l'heureux avantage !
  Elle mépriſe les hazards.

 C'eſt ainſi que l'Amour nous expoſe au danger
  Pour éprouver notre courage,
  Si l'enfer, le monde & ſa rage
  Pourroient bien nous faire changer.

 Un cœur bien amoureux ne voit rien que l'Amour ;
  Dans le peril le plus extrême
  Il n'oſeroit pas ſur ſoi-même
  Soupirer ni faire un retour.

   AUTRE.

IL me faut donc paſſer cette mer orageuſe :
Dois-je m'abandonner à la merci des flots ?
  Ah, que je ſuis peu courageuſe !
  Moi, qui n'aimois que le repos.

 Il me faut donc franchir abîme, précipice,
Etre ainſi le jouet, Amour, de ta juſtice ?
Eſt-ce là les grands biens que tu me promettois ?
Veux-tu me voir périr ? Je ſuis preſqu'aux abois :

  Amour, tu ris de mon naufrage :
Je ſens lever les flots, j'entens gronder l'orage,
La mer en s'entrouvant ne me laiſſe rien voir
Qu'un abîme profond où je ſuis prête à choir.

 Traites-tu donc ainſi ton amante ſi chere ?
Périſſons, j'y conſens, je veux te ſatisfaire ;
Et ſans plus écouter mes pleurs injurieux
Amour, je vais périr, & périr à tes yeux.

XLIX. *L'A-*

p. 105.

XLIX.

L'Amour est un vrai sel à l'ame.

l'Amour est le sel de notre ame;
Sans lui ce n'est rien que fadeur;
C'est lui qui conserve le cœur,
Et qui le nourrit & l'enflame.

Le sel de l'Amour pur préserve par dedans;
Il est l'esprit de la Sagesse:
De celle qui nous rend enfans,
Mais des enfans de la promesse.

Elle s'opose en nous à la fausse prudence
Si contraire à l'esprit de foi.
Quand l'Amour nous tient sous sa loi,
On aime l'indistinct, & l'on fuit l'évidence.

La sagesse consiste à tout donner à Dieu,
Sans rien reserver pour soi-même:
C'est ce qu'on doit à cet Etre suprême,
Sans quoi, l'Amour n'a point de lieu.

L.   p. 106.

Il chasse toute crainte.

l'Amour parfait doit banir toute crainte :
    Il hait toute timidité ;
    Et la divine Charité
    Ne sauroit souffrir de contrainte.

On fait tout librement, avec un grand courage,
    Porté sur les ailes d'Amour ;
    On trouve un très-grand avantage
    A servir Dieu sans crainte & sans retour.

    Que craindre, ô Seigneur de ma vie ?
    Sitôt qu'on s'abandonne à vous,
    Notre ame se trouve afranchie,
On n'apréhende pas même votre courroux.
    L'Amour nous aprend à descendre :
    Lors que son feu nous a reduits en cendre,
Sur qui, grand Dieu sur qui pourroient tomber vos
            coups ?

p. 107. L.I.

Dans lui toute félicité.

APrès tant de tourmens je goute le bonheur,
    Grand Dieu, d'être en votre préfence:
    Le monde n'eſt qu'un ſuborneur;
Je n'apréhende rien, vous êtes ma défenſe.

    Quand l'ame eſt au deſſus des ſens,
Le monde ni l'enfer ne ſauroient plus lui nuire:
Elle goute avec Dieu des plaiſirs innocens,
    Que ma plume a peine à décrire.

Dans ces lieux écartés elle poſſéde Dieu,
    Ou plutôt ſon Dieu la poſſéde:
C'eſt dans ce ſaint déſert, dans cet aimable lieu,
    Que de ſes maux elle a le ſeur reméde.

Divin Amour, quand on vit avec vous,
    Pourroit-on ſoufrir quelque choſe?
    C'eſt dans le ſein de mon Epoux
Que je trouve la paix, & que mon cœur repoſe.

LII. *La*

LII.

p. 108.

La conscience en est témoin.

JE voi l'Amour divin me préfenter la croix ;
　　L'amour profane les délices :
Je ne balance point fur un fi digne choix,
Je préfére aux plaifirs les plus afreux fuplices.

　　Je fens certain je ne fai quoi
　　Me porter prefque malgré moi
　　A préferer l'utile au délectable :
　　Mes fentimens tournent vers l'équitable.

　　Sans regarder mes interêts,
Je me foumets, Seigneur, à tous tes faints décrets,
Je veux bien pour ton Nom vivre dans la foufrance,
Te prouver mon Amour par mon obéïffance.

Nous avons au dedans un fouverain Moteur,
　　Qui ne nous laiffe point furprendre ;
　　Et cet éclairé Directeur
　　Ne nous permet jamais de nous méprendre.

p. 109. L I I I.

Il abhorre l'orgueil.

Rien n'eft plus odieux au fouverain Amour
    Que la fuperbe de la vie ;
    Elle s'augmente chaque jour
Et rend à tous momens l'ame plus affervie.
  Se nourriffant de tout, les bonnes actions
    Lui font un mets bien ordinaire :
    On voit dans les dévotions
  L'orgueil, & non la pieté fincere.

L'orgueil croit avec nous, & nous fuit au tombeau,
    Il augmente même avec l'age :
    Toûjours quelque fujet nouveau
    Lui donne fur nous l'avantage.

Helas, divin Amour, arrêtes-en le cours ;
    Toi feul as pouvoir de le faire ;
    Si non, il me fuivra toûjours,
    Il eft à mes défirs contraire,
Je voi l'humilité pleine de doux apas !
Je l'aime, je la veux, & ne la trouve pas.

L I V.

p. 110.

Il a soin d'inculquer ses loix.

VOus étes, cher Epoux, dans le fond de mon cœur;
    C'est où votre loi s'est gravée:
Vous m'avez délivré de l'esprit séducteur,
Mon ame est toute à vous, vous l'avez enlevée.

    Chaque jour je reçois de nouvelles leçons
        De votre divine Sagesse:
        Vous me mettez en cent façons
        Afin d'éprouver ma souplesse:
        Souverain Epoux de mon cœur,
Soiez toûjours mon maitre & mon docteur.

        Vous enseignez la vérité,
        C'est vous seul qui le pouvez faire:
        Le reste n'est que vanité,
        Et les hommes se doivent taire.
Je ne trouve chez eux que vaine illusion,
Leur discours n'est rempli que de confusion.

Sur le même sujet.

JE n'aspire qu'au bien d'être instruite par vous;
 Parlez, parlez, Seigneur, mon ame vous écoute:
Ce que vous enseignez est parfait, il est doux,
    Et ne laisse à l'ame aucun doute.

    Vous écrivez vos loix dans le fond de mon cœur;
C'est cette loi d'Amour qui me donne la vie.
        L'Amour est Maitre, il est Docteur:
L'ame observant sa loi de crainte est afranchie.

    Lors on n'est plus sujet aux divers changemens
        Qu'éprouve le reste des hommes;
        On devient de parfaits amants,
        L'Amour, en toi tu les consommes.

Il

LV. Qui

p. 111.   L V.

Qui n'aime point, il reste dans la mort.

AMour sacré, tu me donnes la vie;
    Sans toi je reste dans la mort,
    Et ne saurois faire un éfort,
    Tant mon ame est apesantie.

C'est toi, divin Amour, qui fais vivre & mourir;
Il faut mourir à tout pour posséder la vie:
La vie est par la mort de la mort afranchie;
C'est l'Amour qui guérit les maux qu'il fait soufrir.

    O pur Amour, que tranquile est ta flame
Lorsqu'on se livre entierement à toi!
Quand tu deviens le maitre de notre ame,
On ne suit plus que l'amoureuse loi.

LVI. L'A-

LVI. p. 112.

L'Amour réünit les semblables.

l'AMour sacré rend égaux les amans,
Et les unit d'une chaine éternelle:
Lors que je voi leurs saints embraſſemens,
Je comprens bien leur amour mutuelle.

Quoi, vous vous abaiſſez, mon souverain Seigneur,
Juſqu'à vous égaler votre pauvre ſervante!
Cette bonté ravit mon cœur:
Qu'elle eſt forte, qu'elle eſt touchante!

Vous m'avez aimé le premier
D'une Amour pure & gratuite;
Faites que mon retour, cher Epoux, ſoit entier,
Et que pour être à vous moi-même je me quite.

Je vous aime pour vous, ô ſouverain Auteur
De ma chaſte & pudique flame,
Sans m'ocuper de mon bonheur,
Je vous abandonne mon ame.

LVII. D

p. 113. **L V I I.**

De toutes les vertus c'est la base & la source.

l'A Mour est le soutien de toutes les vertus,
Il les renferme en soi, puis nous les communique!
　　　Qui d'ailleurs n'en désire plus
En reçoit richement de sa main magnifique.

　Quand je suis dans l'Amour je les ai dans leur
　　　　source,
　　　Tous mes désirs sont amortis:
Quand tout me manque, Amour est ma ressource;
　　O trop heureux les vrais anéantis!

　Je me plonge en l'Amour, non content d'y boire;
　　　De ce bain l'on sort pur & net:
Je ne puis rien vouloir, pur Amour, que ta gloire;
　　　Ton seul honneur me satisfait.

　Recherche qui voudra chez toi son avantage;
　　　Ce penser me paroît trop bas:
　　　Je ne veux point d'autre partage
Que m'immoler sans fin à tes divins apas.

LVIII.

LVIII. p. 114

Il vivra sans cesser.

REndez, divin Amour, cette flame immortelle;
   Vous qui l'allumez dans mon cœur:
   Vous en étes l'unique Auteur;
   Que notre amour soit éternelle!

Pourrois-je un seul instant me séparer de vous,
   Divin possesseur de mon ame?
   Ah, croissez ma pudique flame:
Qu'un tel embrasement à mon cœur sera doux!

   Ah, si mon feu pouvoit encor s'éteindre,
   Que j'en aurois de peine & de douleur!
   Amour, vous possédez mon cœur,
   Rien d'ici bas ne peut m'ateindre.
   Croissez, croissez toûjours mes feux;
Si vous me consumiez, que je serois heureux!

p. 115.   L I X.

C'est le but de l'Amour, de deux n'en faire qu'un.

LA fin d'un chaste Amour est l'entiere Unité;
  L'Amante & son Amant sont une même chose.
      C'est plus; une métamorphose
Transforme en son Amant l'Amante en vérité.
  Il ne faut plus ici de carquois ni de fléches:
      L'Amour a quité son bandeau;
      Et par un miracle nouveau
Il entre dans le cœur sans y faire de bréches.

  Regardons le chemin par où l'ame a passé:
      Que de rochers, de précipices,
  Que d'agitations, de travaux, de suplices!
Mais enfin dans l'Amour son cœur est trépassé,

      O digne & bienheureux trépas!,
      O mort toute délicieuse
      Pour cette belle ame amoureuse,
      Qui ne vous désireroit pas?

      Le trépas est l'heureux passage
      Qui met cette Amante en partage
      De tous les droits de son Epoux:
Vous faites plus, Amour, la transformant en vous.

L X.   p. 116.

C'eſt de la Loi la conſommation.

LE pur Amour eſt donc la fin de toutes loix;
Il les renferme en ſoi, bien loin de les exclure;
   L'ame au deſſus de la nature
   N'a plus ni volonté ni choix.

  Depuis longtems ſa volonté perdue
   Dans la charité pure & nue
  Ne lui laiſſoit nul uſage de ſoi;
   L'Amour alors étoit ſa loi.

Mais depuis que l'Amour en lui l'a transformée
   Il a changé ſa deſtinée;
  Elle obéit & commande à ſon tour:
Son vouloir dans l'Amour eſt un vouloir ſuprême;
Ne la regardez plus, cette Amante, en ſoi-même,
   N'enviſagez que ſon Amour.

Ne nous amuſons point au dehors, à l'écorce;
   Ce ſeroit une vaine amorce:
   Mais pénetrons juſqu'au dedans,
Et ne diſtinguons plus ces trop heureux Amans.

   Ici toute activité ceſſe;
  Ce n'eſt ni douleur ni careſſe:
   On eſt en un parfait repos:
Tout ſe termine enfin au Sabat du Trèshaut.

EPILOGUE.

TOi, délices de l'ame pure,
   Amour, qui penétres le cœur
Aiant furmonté la nature
Par ta pure & ta chafte ardeur ;
   Lumiere fimple, inacceffible ;
Souverain Donneur de tout bien,
Toi qui rends le cœur inflexible
En l'abimant dedans fon rien ;
   Enfant qui gouvernes le monde,
A qui je confacre ces vers ;
Par une grace fans feconde
Repands les dans cet univers :
   Que tous viennent à te connoitre,
Mais encor bien plus à t'aimer
Comme feul Auteur de tout être ;
Fai leur l'AMOUR PUR eftimer.
   Ah fai qu'ils t'aiment fans partage
D'un amour desintereffé ;
Fai leur entendre mon langage,
Amour, ouï, tu m'as exaucé.
   Je fens leur cœur qui fe remuë,
Et qui fe préfente à tes traits ;
Que ta vérité pure & nuë
Les frape felon mes fouhaits :
   Je n'en ai plus que pour ta gloire,
Je ne défire rien pour moi :
Daigne remporter la victoire,
Divin Enfant, deviens leur Roi :
   Frape les quand je les amufe ;
Et que leur divertiffement
Soit de fe livrer fans excufe
A ton petit bras tout-puiffant.
   Tu fais bien pour qui je t'implore,
Rien ne fauroit t'être caché.
O Toi, que j'aime & que j'adore,
De tout rends leur cœur détaché.

Qu'ils

Qu'ils te recherchent pour toi-même
Sans penser à leur interêt;
Se livrant au vouloir suprême
Qu'ils ne s'en retirent jamais.

Fixe de l'homme l'inconstance,
Aprens lui tes sentiers secrets;
Qu'il connoisse ta sapience,
Et se livre à tes saints décrets.

Enfin, sois l'ame de leur ame;
Donne telle grace à mon chant
Qu'il produise en eux cette flame
Qui vient de toi, Divin Enfant:
Si ton Epouse fut fidelle,
Si son cœur n'espére qu'en toi,
Si ton amour est éternelle,
Favorise en cela sa foi.

Elle a chanté son avanture
En tous chants, en toutes façons,
Cette Charité sans mesure
Qui surpasse tous autres dons.
Elle dépeint là tes caresses
Et mille chastes voluptés,
Tant de mutuelles tendresses
De qui les sens sont enchantés.

Ne croiez pas, peuples fidelles,
Que ce ne soit que des chansons;
Dessous ces figures nouvelles
Il est d'excellentes leçons.
Recevez par le divin Maitre
De ma main ces petits présens;
Pour recompense, veuillez être
De simples & petits Enfans.

FIN.

TABLE
DES
EMBLÉMES
DE
HERMANNUS HUGO.

LIVRE II.

LES DESIRS D'UNE AME QUI SE SANTIFIE.

V 4

Livre III.

Les Soupirs de l'Ame Amante.

T A-

TABLE des EMBLÊMES
D'OTHON VÆNIUS
sur l'Amour Divin.

E R-

ERRATA.

Page.	Ligne.	Faute.	Correction.
6	4.	Tu m'as, mon S.	Tu m'as ô mon S.
13	4	passé.	passée ?
16	14	de l'homme	d'humain ni diforme
18	31	sûrement.	sûrement,
37	1	desirai-je	desiré-je
57	6	amante	amante &
77	1	de mal	du mal.
90	23	Foi, qui	Toi, qui
98	13	en tame	entame
101	22	detruis enfin	viens & detruis
----	23	Unis moi	Uni moi
102	11	avec que	aveque
-- penult.		desirs	desirs
113	1	il est la base	c'est la base
133	9	ta divine	la divine
138	13	toute	tout
156	12	le chemin des souffrances	la voie à la soufrance
163	12	mettez en deux vers	Du cœur fidelle Et des amours constans.
167	34	s'entrouvant	s'entr'ouvrant
173	ult.	L'Amour	Amour
175	10	m'avez aimé	m'aimez
176	11	content	contente

www.ingramcontent.com/pod-product-compliance
Lightning Source LLC
Chambersburg PA
CBHW050204030726
47505CB00005B/1517